畢璞全集・小說・十二

黑水仙

【推薦序二】

老樹春深更著花

封德屏

一九八六年四月，畢璞應《文訊》雜誌「筆墨生涯」專欄邀稿，發表〈三種境界〉一文，她在文末寫道：

> 這種職業很適合我這類沉默、內向、不善逢迎、不擅交際的書呆子型人物，我很高興我當年選擇了它。我既沒有後悔自己走上寫作這條路，又說過它是一種永遠不必退休的行業；那麼，看樣子，我是注定了此生還是要與筆墨為伍了。

畢璞自知甚深，更有定力付之行動，近三十年來她持續創作，陸續出版了數本散文、小說、自選集；三年前，為了迎接將臨的「九十大壽」，她整理近年發表的文章，出版了散文集

《老來可喜》。年過九十後，創作速度放緩，但不曾停筆。二〇〇九年元月《文訊》創辦的「銀光副刊」，至今刊登畢璞十二篇文章，上個月（二〇一四年十一月），她在「銀光副刊」發表了短篇小說〈生日快樂〉，此外，也仍偶有文章發表於《中華日報》副刊。畢璞用堅毅無悔的態度和纍纍的創作成果，結下她一生和筆墨的不解之緣。

一九四三年畢璞就發表了第一篇作品，五〇年代持續創作，創作出版的高峰集中在六〇、七〇年代。一九六八年到一九七九年是她作品的豐收期，這段時間有時一年出版三、四本，甚至五本。早些年，她是編寫雙棲的女作家，曾主編《大華晚報》家庭版、《公論報》副刊、《徵信新聞報》家庭版，並擔任《婦友月刊》總編輯，八〇年代退休後，算是全心歸回到自適自在的寫作生涯。

真摯與坦誠是畢璞作品的一貫風格。散文以抒情為主，用樸實無華的筆調去謳歌自然，讚頌生命；小說題材則著重家庭倫理、婚姻愛情。中年以後作品也側重理性思考與社會現象觀察。畢璞曾自言寫作不喜譁眾取寵、不造新僻字眼，強調要「有感而發」，絕不勉強造作。

畢璞生性恬淡，除了抗戰時逃難的日子，以及一九四九年渡海來台的一段艱苦歲月外，自認大半生風平浪靜。「淡泊名利，寧靜無為」是她的人生觀，讓她看待一切都怡然自得。雖然前後在報紙雜誌社等媒體工作多年，一九五五年也參加了「中國婦女寫作協會」，可能如她自己所言「個性沉默、內向，不擅交際」，多年來很少現身文壇活動。像她這樣一心執著於創作的人和其作品，在重視個人包裝、形象塑造，充斥各種行銷手法的出版紅海中，很容易會被湮沒遺忘。

然而，這位創作廣跨小說、散文、傳記、翻譯、兒童文學各領域，筆耕不輟達七十餘年的資深作家，冷月孤星，懸長空夜幕，環視今之文壇，可說是鳳毛麟角，珍稀罕見。在人們華服高軒、闊論清議之際，九三高齡的她，老樹春深更著花，一如往昔，正俯首案頭，筆尖不斷流淌出款款深情，如涓涓流水，在源遠流長的廣域，點點滴滴灌溉著每一寸土地。

感謝秀威資訊科技股份有限公司，在文學出版業益顯艱辛的此刻，奮力完成「畢璞全集」二十七冊的巨大工程。不但讓老讀者有「喜見故人」的驚奇感動，也讓年輕一代的讀者，有機會可以在快樂賞讀中，認識畢璞及其作品全貌。我們也希望透過文學經典這樣的再現與傳承，向這位永遠堅持創作的作家，表達我們由衷的尊崇與感謝之意。

民國一〇三年十二月

（封德屏：現任文訊雜誌社社長兼總編輯、臺灣文學發展基金會執行長、紀州庵文學森林館長。）

【推薦序二】

老來可喜話畢璞

吳宏一

一

上星期二（十月七日），我有事到《文訊》辦公室去。事畢，封德屏社長邀我去參觀她們蒐集珍藏的期刊。看到很多民國五、六十年前後風行文壇的文藝刊物，目前多已停刊，不勝嗟嘆。《暢流》、《自由青年》、《文星》等我投過搞、發表過創作的刊物不說，連一些當時發行不廣的小刊物，她們也多有蒐集。其用心之專、致力之勤，實在不能不令人讚嘆。於是我向她提起我高中以迄大學時期文學起步的一些往事，中間提到若干文藝刊物和若干文壇前輩對我的鼓勵和影響。其中特別提到我大學一年級，民國五十年的秋天，剛進入台大中文系讀書時所認識的一些前輩先進。像當時住在濟南路的紀弦，住在廈門街的余光中，住在南昌街菸酒公賣局宿舍的羅悟緣，住在安東市場旁的羅門、蓉子……我都曾經一一去走訪，謝謝他們採用或推薦過我的作品。過程歷歷在目，至今仍記憶猶新。比較特別的是，去新生南路夜訪覃子豪時，還遇見過魏子雲；去峨嵋街救國團舊址見程抱南、鄧禹平時，還順道去《公論報》探訪副刊主編畢璞……。

一提到畢璞，德屏立即接了話，說「畢璞全集」目前正編印中，問我願不願意為她「全集」寫個序言。我答：寫序不敢，但對我文學起步時曾經鼓勵或提攜過我的前輩，我非常樂意寫紀念性的文字。不過，我也同時表示，我與畢璞五十多年來，畢竟才見過兩三次面，她的作品我讀得並不多，要寫也得再讀讀她的生平著作，而且也要她還記得我，對往事有些共同的記憶才好。所以我建議，請德屏代問畢璞兩件事：一是她記不記得在我大一下學期（民國五十一年春），她和另一位女作家到台大校園參觀之事；二是她在主編《婦友》月刊期間，記不記得曾經約我寫過詩歌專欄。

德屏說好。第二日早上十點左右，畢璞來了電話，客氣寒暄之後，告訴我：她記得她和鍾麗珠早年曾到台大校園和我見過面，但對於《婦友》約我寫專欄之事，則毫無印象。她知道我沒有讀過她的作品集，說要寄兩三本來，又知道我怕她年老行動不便，改口說，要不然，幾天內如果我能抽空，就煩請德屏陪我去內湖看她，由她當面交給我，同時可以敘敘舊、聊聊天。

我當然贊成。我已退休，時間容易調配，只不知德屏事務繁忙，能不能抽出空暇。想不到與德屏聯絡後，當天下午，就由《文訊》編輯吳穎萍小姐聯絡好，約定十月十日下午三點一起去見畢璞。

二

十月十日國慶節，下午三點不到，我就如約搭文湖線捷運到葫洲站一號出口等。不久，德屏與穎萍來了。德屏領先，走幾分鐘路，到康寧老人安養中心去見畢璞。途中德屏說，畢璞雖然年逾九旬，行動有些不便，但能以歡樂的心情迎接老年，不與兒孫合住公寓，怕給家人帶來不便，所以獨居於此，雇請菲傭照顧，生活非常安適。我聽了，心裡也開始安適起來，覺得她是一個慈藹安詳而有智慧的長者。

見面之後，我更覺安適了。記得我第一次見到畢璞，是民國五十年的秋冬之際，在西門町附近康定路的一棟木造宿舍裡，居室比較狹窄；畢璞當時雖然親切招待，但總顯得態度拘謹。相隔五十三年，畢璞現在看起來，腰背有點彎駝，耳目有些不濟，但行動尚稱自如，面容聲音卻似乎數十年如一日，沒有什麼明顯的變化。如果要說有變化，那就是變得更樸實自然，沒有絲毫的窘迫拘謹之感。

由於德屏的善於營造氣氛、穿針引線，由於穎萍的沉默嫻靜，只做一個忠實的旁聽者，那天下午，我和畢璞有說有笑，談了不少往事，讓我恍如回到五十三年前的青春年代。那時候，我才十八歲，剛考上台大中文系，剛到陌生而充滿新鮮感的臺北，常投稿報刊雜誌，常拜訪前輩作家。有一天，我到西門町峨嵋街救國團去領新詩比賽得獎的獎金，順道去附近的《聯合報》和《公論報》社。我到《公論報》社問起副刊主編畢璞，說明我常有作品發表，就有人給了我她家的住址。距離報社不遠，在成都路、西門國小附近。那時候我年輕不懂事，大家也少用電話，所以就直接登門造訪了。見面時談話不多，記憶中，畢璞說過她先生也在《公論報》上班，她如何編副刊，還有她兒子正讀師大附中，希望將來也能考上台大等。辭別時，畢璞說了一句，聽說台大校園春天杜鵑花開得很盛很好看。我謹記這句話，所以第二年的春天，投稿信中附帶留言，歡迎她跟朋友來台大校園玩。就因為這樣，畢璞和鍾麗珠在民國五十一年的春季，相偕來參觀台大校園。

確切的日期記不得了。畢璞說連哪一年她都不能確定。我翻開我隨身帶來送她的光啟版散文集《微波集》，指著一篇〈鄉愁〉後面標明的出處，民國五十一年四月二十七日發表於《公論副刊》。經此指認，畢璞稱讚我的記性和細心，而且她竟然也記起了當天逛傅園後，我請她們到福利社吃牛奶雪糕的往事。

很多人都說我記憶力強，但其實也常有模糊或疏忽之處。例如那一天下午談話當中，我提起雨中路過杭州南路巧遇《自由青年》主編呂天行，以及多年後我在西門町日新歌廳前再遇見他，聽他告訴我「驚天大祕密」的時候，確實的街道名稱，我就說得不清不楚，更糟糕的是，畢璞再次提起她主編《婦友》月刊的期間，真不記得邀我寫過專欄。一時間，我真無辭以對。當事人都這麼說了，我該怎麼解釋才好呢？好在我們在談話間，曾提及王璞、呼嘯等人，似乎又給了我重拾記憶的契機。

我私下告訴德屏，《婦友》確實有我寫過的詩歌專欄，雖然事忙只寫了幾期，但這些文章後來都曾收入我的《先秦文學導讀‧詩辭歌賦》和《從詩歌史的觀點選讀古詩》等書中，白紙黑字，騙不了人的。會不會畢璞記錯，或如她所言不在她主編的期間別人約的稿呢？

那天晚上回家後，我開始查檢我舊書堆中的期刊，找不到《婦友》，卻找到了王璞主編的《新文藝》和呼嘯主編的《青年日報》副刊剪報。他們都曾約我寫過詩詞欣賞專欄，印象中有一個與《婦友》大約同時。尋檢結果，查出連載的時間，《新文藝》是民國七十一年，《青年日報》則是民國七十七年。到了十月十二日，再比對資料，我已經可以推定《婦友》刊登我詩歌專欄的時間，應該是在民國七十七年七、八月間。

十月十三日星期一中午，我打電話到《文訊》找德屏，她出差不在。我轉請秀卿代查，傍晚她回覆，已在《婦友》民國七十七年七月至十一月號，找到我所寫的〈古歌謠選講〉，當時的總編輯就是畢璞。事情至此告一段落。記憶中，是一次作家酒會邂逅時畢璞約我寫的。寫了幾期，因為事忙，又遇畢璞調離編務，所以專欄就停掉了。這本來就是小事一樁，無關宏旨，豁達的畢璞不會在乎這個的，只不過可以證明我也「老來可喜」，記憶尚可而已。

三

「老來可喜」，是畢璞當天送給我看的兩本書，其中一本散文集的書名，語出宋代詞人朱敦儒的〈念奴嬌〉詞。另外一本是短篇小說集，書名《有情世界》。根據書後所附的作品目錄，原來畢璞的作品集，已出三、四十本。她挑選這兩本送我看，應該有其用意吧。看《老來可喜》這本散文集，可知她的生平大概；看《有情世界》這本短篇小說集，則可知她的小說特色所在。初讀的印象，她的作品，無論是散文或小說，從來都不以技巧取勝，就像她的筆名一樣，是未經琢磨的玉石，內蘊光輝，表面卻樸實無華，然而在樸實無華之中，卻又表現出一個共同的主題。一言以蔽之，那就是「有情世界」。其中有親情、愛情、人情味以及生活中的情趣。因此，讀來特別溫馨感人，難怪我那罕讀文藝創作的妻子，也自稱是她的忠實讀者。

讀畢璞《老來可喜》這本散文集，可以從中窺見她早年生涯的若干側影，以及她自民國三十八年渡海來台以後的生活經歷。其中寫親情與友情，敘事中寓真情，雋永有味，誠摯而動人。寫懷才不遇的父親，寫遭逢離亂的家人，寫志趣相投的文友，娓娓道來，真是扣人心弦。

其中〈西門懷舊〉一篇，寫她康定路舊居的一些生活點滴，更讓我玩味再三。即使寫她身邊瑣事的小小感觸，寫愛書成癡，愛樂成癡，寫愛花愛樹，看山看天，也都能使我們讀者體會到「生命中偶得的美」，享受到「小小改變，大大歡樂」。「生命中偶得的美」和「小小改變，大大歡樂」，正是她文集中的篇名。我們還可以發現，身經離亂的畢璞，涉及對日抗戰、國共內戰的部分，著墨不多，多的是「此身雖在堪驚」，「老來可喜，是歷遍人間，諳知物外」。這也正是畢璞同一時代大多婦女作家的共同特色。

讀《有情世界》這本小說集，則可發現：畢璞散文中寫得比較少的愛情題材，都寫進小說裡了。畢璞說過，小說是她的最愛，因為可以滿足她的想像力。讀完這十六篇短篇小說，我們確實可以發現，她的小說採用寫實的手法，勾勒一些時代背景之外，重在探討人性，敘寫一些有情有義的故事。特別是愛情與親情之間的矛盾、衝突與和諧。小說中的人物和故事，有真有假，「真」的往往是根據她親身的經歷，「假」的是虛構，是運用想像，無中生有塑造出來的。她把它們揉合在一起，而且讓自己脫離現實世界，置身其中，成為小說中人。

因此，我讀畢璞的短篇小說，覺得有的近乎散文。尤其她寫的書中人物，大都是我們城鎮小市民日常身邊所見的男女老少，故事題材也大都是我們城鎮小市民幾十年來所共同面對的移民、出國、旅遊、探親等話題。或許可以這樣說，較之同時渡海來台的作家，畢璞寫的小說，罕有激情奇遇，缺少波瀾壯闊的場景，也沒有異乎尋常的角色，既沒有朱西甯、司馬中原筆下的鄉野氣息，也沒有白先勇筆下的沒落貴族，一切平平淡淡的，可是就在平淡之中，卻能給人親近溫馨之感。表面上看，她似乎不講求寫作技巧，但仔細觀察，她其實是寓絢爛於平淡。像〈生命共同體〉一篇，寫范士丹夫婦這對青梅竹馬的患難夫妻，到了老年還為要不要移民美國而引起衝突，高潮迭起，正不知作者要如何收場，這時卻見作者藉描寫范士丹的一些心理活動，利用廚房下麵一個小情節，就使小說有個圓滿的結局，而留有餘味。〈春夢無痕〉一篇，寫梅湘退休後，到香港旅遊，在半島酒店前香港文化中心，竟然遇見四十多年前四川求學時代的舊情人冠倫。四十多年來，由於人事變遷，兩岸隔絕，二人各自男婚女嫁，都已另組家庭，正不知作者要如何安排後來的情節發展，這時卻見作者利用梅湘的一段心理描寫，也就使小說有個出人意外而又合乎自然的結尾，不會予人突兀之感。這些例子，說明了作者並非不講表現藝術，只是她運用寫作技巧時，合乎自然，不見鑿痕而已。所以她的平淡自然，不只是平淡自然，而是別有繫人心處。

四

畢璞同時的新文藝作家，有三種人給我的印象特別深刻。一是軍中作家，以寫新詩和小說為主，強調創新和現代感；二是婦女作家，以寫散文為主，多藉身邊瑣事寫人間溫情；三是鄉土作家，以寫小說和遊記為主，反映鄉土意識與家國情懷。這是二十世紀五、六十年代前後臺灣新文藝發展史上的一大特色。這三類作家的風格，或宏壯，或優美，雖然成就不同，但套用王國維的話說，都自成高格，自有名句，境界雖有大小，卻不以是分優劣。因此有人嘲笑婦女作家多只能寫身邊瑣事和生活點滴，那是學文學的人不該有的外行話。

畢璞當然是所謂婦女作家，她寫的散文、小說，攏總說來，也果然多寫身邊瑣事，或者說，多藉身邊瑣事寫溫暖人間和有情世界。但她的眼中充滿愛，她的心中沒有恨，所以她的筆端流露出來的，每一篇作品都像春暉薰風，令人陶然欲醉；情感是真摯的，思想是健康的，真的適合所有不同階層的讀者。

一般而言，人老了，容易趨於保守，失之孤僻，可是畢璞到了老年，卻更開朗隨和，更為豁達，就像玉石，愈磨愈亮，愈有光輝。她特別欣賞宋代詞人朱敦儒的「老來可喜」那首〈念奴嬌〉詞。她很少全引，現在補錄如下：

老來可喜，是歷遍人間，諳知物外。
看透虛空，將恨海愁山，一時挼碎。
免被花迷，不為酒困，到處惺惺地。
飽來覓睡，睡起逢場作戲。

休說古往今來，乃翁心裡，沒許多般事。
也不蘄仙不佞佛，不學栖栖孔子。
懶共賢爭，從教他笑，如此只如此。
雜劇打了，戲衫脫與獃底。

朱敦儒由北宋入南宋，身經變亂，歷盡滄桑，到了晚年，勘破世態人情，不但主張不學栖栖皇皇的孔子，說什麼經世濟物，而且也認為道家說的成仙不死，佛家說的輪迴無生，都是虛妄的空談，不可採信。所以他自稱「乃翁」，說你老子懶與人爭，管它什麼古今是非，說人生在世，就像扮演一齣戲一樣，各演各的角色，逢場作戲可矣，何必惺惺作態，說什麼愁呀恨呀。一旦自己的戲份演完了，戲衫也就可以脫給別的傻瓜繼續去演了。這首詞表現的人生觀，雖然豁達，卻有些消極。這與畢璞的樂觀進取，對「有情世界」處處充滿關懷，是不相契的。我想畢璞喜愛它，應該只愛前面的幾句，所以她總不會引用全文，有斷章取義的意思吧。

畢璞《老來可喜》的自序中，說西方人把老年分成三個階段：從六十五歲到七十五歲是「初老」，從七十六歲到八十五歲是「老」，八十六歲以上是「老老」；又說「初老」的十年是人生最美好的黃金時期，不必每天按時上班，兒女都已長大離家，內外都沒有負擔，沒有工作壓力，智慧已經成熟，人生已有閱歷，身體健康也還可以，不妨與老伴去遊山玩水，或抽空去學習一些新知，以趕上時代。想做什麼就做什麼，豈非神仙一般。畢璞說得真好，我與內子現在正處於「初老」的神仙階段，也同樣覺得人間有情，處處充滿溫暖，這幾天讀畢璞的書，益發覺得「老來可喜」，可喜者三：老來讀畢璞《老來可喜》，一也；不久之後，可與老伴共讀「畢璞全集」，二也；從今立志寫自己不像傳記的傳記，彷彿回到自己的青春時期，三也。

民國一〇三年十月十五日初稿

（吳宏一：學者，作家，曾任臺灣大學中文系教授、香港中文大學中文系、香港城市大學中文、翻譯及語言學系講座教授，著有詩、散文、學術論著數十種。）

【自序】

長溝流月去無聲——七十年筆墨生涯回顧

畢璞

「文書來生」這句話語意含糊，我始終不太明瞭它的真義。不過這卻是七十多年前一個相命師送給我的一句話。那次是母親找了一位相命師到家裡為全家人算命。我從小就反對迷信，痛恨怪力亂神，怎會相信相士的胡言呢？當時也許我年輕不懂，但他說我「文書來生」卻是貼切極了。果然，不久之後，我就開始走上爬格子之路，與書本筆墨結了不解緣，迄今七十年，此志不渝，也還不想放棄。

從童年開始我就是個小書迷。我的愛書，首先要感謝父親，他經常買書給我，從童話、兒童讀物到舊詩詞、新文藝等，讓我很早就從文字中認識這個花花世界。父親除了買書給我，還教我讀詩詞、對對聯、猜字謎等，可說是我在文學方面的啟蒙人。小學五年級時年輕的國文老師選了很多五四時代作家的作品給我們閱讀，欣賞多了，我對文學的愛好之心頓生，我的作文成績日進，得以經常「貼堂」（按：「貼堂」為粵語，即是把學生優良的作文、圖畫、勞作等掛在教室的牆壁上供同學們觀摩，以示鼓勵）。六年級時的國文老師是一位老學究，選了很多古文做教材，使我有機會汲取到不少古人的智慧與辭藻；這兩年的薰陶，我在不知不覺中變成了文學的死忠信徒。

上了初中，可以自己去逛書店了，當然大多數時間是看白書，有時也利用僅有的一點點零用錢去買書，以滿足自己的書癮。我看新文藝的散文、小說、翻譯小說、章回小說……簡直是博覽群書，卻生吞活剝，一知半解。初一下學期，學校舉行全校各年級作文比賽，小書迷的我得到了初一組的冠軍，獎品是一本書。同學們也送給我一個新綽號「大文豪」。上面提到高小時作文「貼堂」以及初一作文比賽第一名的事，無非是證明「小時了了，大未必佳」，更彰顯自己的不才。

高三時我曾經醞釀要寫一篇長篇小說，是關於浪子回頭的故事，可惜只開了個頭，後來便因戰亂而中斷，這是我除了繳交作文作業外，首次自己創作。

第一次正式對外投稿是民國三十二年在桂林。我把我們一家從澳門輾轉逃到粵西都城的艱辛歷程寫成一文，投寄《旅行雜誌》前身的《旅行便覽》，獲得刊出，信心大增，從此奠定了我一輩子的筆耕生涯。

來台以後，一則是為了興趣，一則也是為稻粱謀，我開始了我的爬格子歲月。早期以寫小說為主。那時年輕，喜歡幻想，想像力也豐富，覺得把一些虛構的人物（其實其中也有自己和身邊的人的影子）編出一則則不同的故事是一件很有趣的事。在這股原動力的推動下，從民國四十年左右寫到八十六年，除了不曾寫過長篇外（唉！宿願未償），我出版了兩本中篇小說、十四本短篇小說、兩本兒童故事。另外，我也寫散文、雜文、傳記，還翻譯過幾本英文小說。到民國一〇一年，我總共出版過四十種單行本，其中散文只有十二本，這當然是因為散文字數少，不容易結集成書之故。至於為什麼從民國八十六年之後我就沒有再寫小說，那是自覺年齡大了，想像力漸漸缺乏，對世間一切也逐漸看淡，心如止水，失去了編故事的浪漫情懷，就洗手不幹了。至於散文，是以我筆寫我心，心有所感，形之於筆墨，抒情遣性，樂事一樁也，為什麼放棄？因而不揣譾陋，堅持至今。慚愧的是，自始至終未能寫出一篇令自己滿意的作品。

為了全集的出版，我曾經花了不少時間把這批從民國四十五年到一百年間所出版的單行本四十種約略瀏覽了一遍，超過半世紀的時光，社會的變化何其的大：先看書本的外貌，從粗陋的印刷、拙劣的封面設計、錯誤百出的排字；到近年精美的包裝、新穎的編排，簡直是天淵之別。由此也可以看得出臺灣出版業的長足進步。再看書的內容：來台早期的懷鄉、對陌生土地的神奇感、言語不通的尷尬等；中期的孩子成長問題、留學潮、出國探親；到近期的移民、空巢期、第三代出生、親友相繼凋零……在在可以看得到歷史的脈絡，也等於半部臺灣現代史了。

坐在書桌前，看看案頭成堆成疊或新或舊的自己的作品，為之百感交集，真的是「長溝流月去無聲」，怎麼倏忽之間，七十年的「文書來生」歲月就像一把把細沙從我的指間偷偷溜走了呢？

本全集能夠順利出版，我首先要感謝秀威資訊科技股份有限公司宋政坤先生的玉成。特別感謝前台大中文系教授吳宏一先生、《文訊》雜誌社長兼總編輯封德屏女士慨允作序。更期待著讀者們不吝批評指教。

民國一〇三年十二月

目次

春夜宴石園

我真高興我不再喜歡〈拉娜頌〉這首曲子。原來，它並不真的是像過去迷惑了我多年的那麼悅耳而動聽。事實上，也已經有人把它改編成為流行歌曲，被庸俗的歌女用發嗲的聲音唱出來，唱得變了調又變了質。不過，曾經有七八年之久，這首《齊瓦哥醫生》電影的主題曲，像是一道符咒，也像是一種蠱惑，不斷地纏繞著我，作祟著我。它使我在快樂的青春裡時常做著噩夢；使我在幸福的婚姻生活中蒙上陰影……。

然而，這一切都已成為過去。從今以後，再也沒有符咒，沒有蠱惑，沒有噩夢，我像是一個重見天日的盲者，像是一個在沙漠中發現綠洲的旅人，我狂喜，我雀躍，因為我知道我不再沉淪，我已得救。

昨天我回家，在閒談中，媽媽無意中問我：「你還記得那個表叔嗎？就是你爸爸的表弟，也是他的同學的那位呀！」

我聽了不禁一陣臉熱心跳。我怎會忘得了？只是，多少年了，沒聽見爸爸提過他，今天怎麼忽然想到了他呢？

「不記得他的樣子了。怎麼啦？」我極力裝出一副淡然的表情，以示我對他漠不關心。事實上，媽媽絕對不會疑心，因為她知道我和這位表叔只見過兩三次。

「唉！也是作孽！他自殺死了。」媽媽嘆了一口氣說。

「什麼？」我忍不住驚叫了起來。

「他自殺死了。真可怕！聽說還是用的手槍。他真是的，四五十歲的人了，還要去勾引十來二十歲的小姑娘，這不是作孽是什麼？」

勾引十來二十歲的小姑娘？冷汗從我額上冒了出來。我的眼睛睜得大大的，說不出話。媽媽看我的表情很古怪，就又接下去說：「你還替他難過，是不是？其實他死了倒好，省得再去害別的黃花閨女。爸爸說：這個人大概是性心理變態的，一直打光棍不結婚，可是卻又喜歡跟女人鬼混。聽說他糟蹋過不少女孩子，結果都是用錢來解決的。這一次，女孩子的父親告了他一狀，他覺得丟臉，所以才走上自殺這條路的。」

「省得再去害別的黃花閨女，糟蹋過不少女孩子。」原來是這樣的一個人！我的腦海中，立刻閃過了一雙目灼灼、賊溜溜的眼睛，還有那個——摟著盛裝少女從汽車裡鑽出來的紳士。

「媽，你怎知道得這麼清楚？表叔這些年來住在那裡？」

「他孤家寡人一個，又有的是錢，這些年一直就是在美國和香港之間來來去去。這次是在美國自殺的，對方是個混血女孩，中國母親，美國父親。他一定是害怕美國人不好對付，所以才自殺的。」

原來如此！原來只是一條大色狼！玩厭了中國女孩子，又去玩混血女孩子。世間的事情又是多麼的簡單，三言兩語，立刻涇渭分明。昔日的大情人，我心目中的偶像，一下子便從雲端摔了下來，變得分文不值。

「媽媽，既然他是這樣的一個人，那一次你們怎敢帶我到他家去吃飯呢？」我忽地又頑皮的問。

「那個時候我們還不清楚他是這樣一副德行的嘛！何況，那時你還是個小孩子？」

小孩子？媽媽也未免太疏忽太大意了。七年多以前，我已經是個十七歲高中生，早已情竇初開，懂得傾慕異性，怎能算是小孩子呢？

媽媽家裡也有那張《齊瓦哥醫生》電影插曲的唱片，是我以前留下來的。我懶得跟媽媽多所爭辯，就在唱片架中找出這張塵封的唱片放到電唱機上，把唱針放在〈拉娜頌〉那一首上面。

「又來了。你這丫頭簡直瘋了。在家聽了幾年，難道還沒有聽厭？」媽媽一聽，就嘟囔起來。

「媽，你去睡午覺嘛！別管我好不好？我要靜一下。」我說。

「好！好！好！我去睡，我不吵你，真是瘋丫頭！難得回家一趟，也不陪媽媽多說話，就知道聽唱片！」媽媽一面嘀咕著一面回到她的房間裡去。

我為自己泡了一杯濃茶，把自己深深埋在沙發裡，把唱針又移到〈拉娜頌〉的開頭，閉著眼睛，讓那優美動人的旋律又一次的把我帶到七年多以前那個春夜的花園裡。

好像是四五月之間吧！臺北的天氣已經有點燠熱，我記得我穿的是一件短袖薄毛衣和一條當時很流行的短裙，那還是我一百零一套的出客服裝哩！本來，我平常就難得出去一次。這一次，是爸爸的一位表弟從美國回到臺灣來定居，要宴請這裡所有的親戚，所以爸爸媽媽才帶著我全家出動的。其實，爸爸在這裡的親戚並不太多，一共只有五家人，每家都帶著小孩子，也只不過二十一、二個人而已。表叔在美國多年，不免洋派一點，他這一次請的不是中國菜而是自助餐，而且是在花園裡吃。在當年的我，還是第一次參加這種場合，不禁感到十分新奇。

我跟那些親戚的長輩沒有什麼話說，同輩的小孩子又全都比我小，談不來。於是我盛了滿滿一盤子的食物，獨自躲到一棵樹下大嚼起來。

我一面吃一面觀察我四周的環境與人物。花園不算很大，但是在掛在樹上的彩色燈泡、鋪著白桌布的長餐桌、桌上的一缽鮮花以及閃亮的刀叉的點綴下，卻顯得情調十分幽雅。我們的主人——我這位第一次見面的表叔是個高高瘦瘦的中年男人，頭髮梳得光光的，穿著很時髦的西服，看來就像個電影明星。他和爸爸以及幾個年齡較大的長輩在用家鄉話大聲交談，大概是談他們在學校時的趣事吧？

媽媽和其他的幾位女太太也在噥噥唧唧的開小組會議。於是，我就更無聊了，無聊得簡直後悔此行。心裡想：我倒不如一個人在家裡一面吃蛋妙飯，一面看小說哩！

在大家都吃得差不多的時候，表叔向大家宣布還有冰淇淋。於是，那個飯館派來、穿著白色制服的侍役，就捧著一杯杯冰淇淋來分送給客人。冰淇淋正是我所喜愛的，一下子，我就吃完一杯。

「這位小妹妹，再來一杯好嗎？」忽然間，一個高個子站在我面前問。

「我——」一抬頭，原來是表叔正笑瞇瞇地望著我哩！一定是我那副饞相給他看到了，真不好意思！

爸爸走過來給我解圍：「艾迪，這就是我的女兒蓓蓓嘛！你忘了？」

「尚唐，你真有福氣！女兒都這麼大了，又長得這麼漂亮！幾歲了？嗯！」表叔用手在我的頭上摸了兩下，彷彿真的把我當作小孩子。但是，不等我回答，只塞給我一杯冰淇淋，又走開了。

望著他那頎長的背影，我有點惱怒。人家都已經是個高中生了，怎麼還把我當作是一個饞嘴的娃娃呢？真是一點也不尊重人！

我賭氣的把那杯冰淇淋往旁邊一擱，心想：誰希罕你的冰淇淋嘛？但是，只過了幾秒鐘，被香草的香味引誘著，我又忍不住拿起來唏哩呼嚕的吃個精光。冰淇淩之後還有咖啡，另外又有專門為小孩子準備的果汁和牛奶。表叔走過來問我：「嗯！蓓——蓓，你要牛奶還是橘子水？」

「我要咖啡。」我已聞到了咖啡的香味，就毫不客氣的提出了要求。

表叔笑了起來，回過頭去問我爸爸：「喂！尚唐，你的女兒要喝咖啡，可以嗎？」

「沒有關係的，她已經十七歲了。」爸爸說。

「哦！我還以為你只有十四歲哩！」表叔深深地看了我一眼，表情有點怪。但是我敢打賭，在他那雙懾人的黑色眼睛裡，是有讚美的表情的。

在大家啜飲著香濃的咖啡的時候，表叔從屋裡搬出來一部手提的電晶體唱機，他放了一張唱片上去，就走過來在爸爸的身旁坐下。

在飄送著微微花香的氤氳春夜裡，一段極其悅耳的音樂流瀉在花園中。這是一首我從來不曾聽過的曲子；但是，我竟對它一聽鍾情了。它不是正宗的古典音樂，也不是時下的熱門音樂，不過卻是悠揚而輕快。尤其是它那段反覆奏出的主題旋律，美麗而帶點憂傷，簡直迷人極了。這首音樂到底是什麼呢？我很想問問表叔，但是我和他只是第一次見面，又不敢造次。

一曲告終之後，我聽見坐在離我不遠的地方的表叔問爸爸：「好聽嗎？」

「很好。這一首曲子叫什麼呀？我好像還沒有聽過哩！」

「嗯！你們都可能沒有聽過，這是《齊瓦哥醫生》電影中的主題曲。《齊瓦哥醫生》在這裡沒有上映吧？」

「沒有。你在美國看過了？」

「我看過了電影，立刻就愛上了它的插曲。現在，我正在讀它的英譯本小說。當我每天晚上在床上看這本小說時，就要一面聽著唱片，那真是有味道得很！」

我坐在樹下的陰影裡。表叔和爸爸坐在我前面不遠的地方，我可以清楚地看到表叔的側臉，他那希臘式的鼻子使他顯得很好看。爸爸剛才在路上告訴我：表叔以前在學校演話劇，還演過《茶花女》中的阿孟哩！現在雖然年紀大了，看起來還蠻英俊瀟灑的。爸爸只比他大一歲，卻已有點小老頭兒的味道。奇怪，以表叔這樣的人才，為什麼到現在還不結婚？是眼界太高，還是傷心人別有懷抱呢？以我那個時候的年紀，對婚姻根本毫無所知，但卻偏偏有著一肚子的好奇，拚命想進入成人的世界去探求人生的秘密。

那個晚上，表叔把那張《齊瓦哥醫生》主題曲的唱片放了兩遍。我從來不曾有過如此美好而興奮的晚上。東風暖暖地柔撫著我的頭髮和面頰，花香飄進我的鼻管。香醇的咖啡，迷人的音樂，還有表叔跟爸爸在聊天時的磁性聲音都使我陶醉。不覺的，我愛上這張唱片裡的旋律。那時，我只聽過《齊瓦哥醫生》這部小說的名字，但是我沒有看過。改編的電影還沒有在臺北上映。我忽然對表叔崇拜起來。爸爸說他是做進出口生意的，這次回國，就是要在台北成立一個辦事處。但是，他為什麼一點也沒有商人的市儈氣呢？他根本就不像個商人嘛！無論他的外表、他的談吐，都像是個電影明星或者一個藝術家，而且，還有點書卷氣哪！想想看，他每天晚上應酬回來（我知道他的應酬很多），還躺在床上看相當有深度的英文小說，（這並不是普通的暢銷小說呀！）他有多雅！爸爸雖然是一個英文老師，卻迷上了那些低級神怪的武俠小說。

那個晚上，我一生也忘不了。那段悠揚悅耳的旋律，一直縈迴在我的耳邊和腦際，使我嚐到了有生以來第一次失眠滋味。下一週上作文課的時候，老師叫我們自由命題，我寫了一篇一千多字，題目名叫「春夜宴石園」的散文（因為表叔姓石，而他的花園又沒有名字），細細的描述了那個晚上在宴會中所給予我的感受。老師給了我九十二分，大大誇讚了一番，還選了它作為我們班上壁報的第一篇文章。從此，我成了學校裡面的「大文豪」，校刊的主編期期都向我拉稿。而我的同學們也全都知道了我有這樣一位不平凡的表叔；同時，《齊瓦哥醫生》這部電影，也就提前的在我們班上轟動起來。

《齊瓦哥醫生》在臺北放映，我搶先去看了第一場。在那漫長的三個鐘頭裡，在那熟悉的配樂聲中，我似乎整個人都融入劇情裡。我彷彿覺得電影中黑髮大眼的齊瓦哥醫生就是表叔，而自己也變成了他所愛的拉娜。我為他們能夠在一起而歡笑，為他們的分離而掉淚。我想：我真是瘋了。

以後，我買了一張《齊瓦哥醫生》主題曲的唱片，幾乎每天都要聽一次，聽得爸爸媽媽都心煩起來。電影更是看了一遍又一遍，從頭輪影院看到三輪影院，從中學看到大學，又從大學看到結了婚，少說也有十次以上，不用說每一個鏡頭都看得生厭了，甚至連一些對白也背得出來。我為什麼對這部片子這麼著迷，自己也說不出來。是為了表叔嗎？事實上，除了那次的春夜宴以外，在我這一生中，我一共只看過他三次。

第二年的春節裡，有一天，爸爸媽媽都出去了，只剩下我一個人看家。當我正在房間裡看那本厚厚的《齊瓦哥醫生》中文譯本，一面嗑著瓜子，一面還聽著唱片時，忽然有人按鈴。我放下手中的書，很不樂意地出去應門。門開處，外面站著一位衣冠楚楚的紳士，卻原來是大半年沒有看到的表叔。一看到他，我無緣無故的就臉紅了。我訥訥地望著他，開不了口。倒是他先問我：「尚唐表哥在家嗎？」

「爸爸媽媽都出去拜年了。」我說。這時，我才想起，還沒有給人家拜年哩！就又接著說：「表叔，恭喜您過年好，請進來坐吧！」

「你認得我？」表叔忽地揚起一邊眉毛，驚訝地問：「我是第一次到你們家裡呀！」

「怎麼不認得嘛？人家到過表叔家裡吃飯的。」我有點不高興地說。那個晚上，對我是刻骨難忘的；但是，他竟健忘如許。

「啊！是嗎？我的記性真差，太對不起了！你就是尚唐表哥的女兒——」他哈哈大笑起來，「你長大了。」

「我叫蓓蓓。」我抬頭望著表叔那副潔白而整齊的牙齒，鼓起勇氣說：「表叔，請進來坐一會兒好嗎？」

「好的，我還沒有來過哩！」表叔說著就跨進了大門。

當我把他讓到客廳裡的時候，我房間裡的唱片正放到〈拉娜頌〉的尾聲。表叔聽見了，立刻又揚起眉毛，露出了白牙說：「咦？誰在聽音樂呀？」

「是我。」我小聲的說。說著，便跑進房間把唱機關了起來。當我轉過身去的時候，我直覺得到他的眼睛一直盯著我的背影。

我為表叔捧上熱茶和糖果，他那雙黑黑的眼睛望著我，微笑著問：「你也喜歡聽這首曲子？」

「嗯！」我低下頭去，剝了一顆糖放進嘴裡。我很想告訴他，這首音樂對我影響有多大，但是，我說不出口。

接著，他問我幾句有關我上學的問題，然後又問：「除了聽音樂以外，你還喜歡做什麼？你——」他頓一頓。「喜歡跳舞嗎？」

「跳舞？不，我不喜歡！」我不假思索就搖了搖頭。奇怪，他怎麼以為我喜歡跳舞的？我不是老古董，但對這男女摟抱在一塊兒像瘋子似地亂蹦亂跳的玩意兒，一向是深惡痛絕的。

「那你一定是個好學生。」他又微笑了一下，隨即就站了起來。「我走了，什麼時候再跟爸爸媽媽到我家裡去玩吧！」

我點點頭，沒有挽留他，就默默地送他出去。到了大門口，他又深深看了我一眼，我發覺在他的眼光裡有著讚美、欣賞和憐愛的成份。我知道我的雙頰發赭了，不過，這雙眼光多麼溫暖啊！我願意它們永遠停在我的臉上。表叔走了以後，我捧著雙頰奔回房間裡，只因為那上面停留過他的眼光，所以我要珍惜它。我對鏡端詳著自己。同學們都說我長得美，到底是不是真的呢？無緣無故地，眼淚竟然流滿了我一臉。

爸爸媽媽並沒有再帶我去表叔家。我知道：爸爸跟他是談不來的，所以他們平日並沒有什麼來往。我也並不想看到表叔，因為看到他我反而會尷尬不安。有了那次春夜的園中盛宴，已足夠我去咀嚼回味無窮，甚至新年那次的單獨相對，也都是多餘的。

高中畢業那個暑假，聯考以後，有一個晚上我跟幾個同學去逛電影街。我們手中拿著一包包的零食，邊走邊吃。我們逛遍了每一家百貨公司和委託行。我們走進每一家綢布莊與鞋店，故意挑選了好些貨品又不買，讓那些壞脾氣的店員氣得翻白眼罵人，我們卻是一走出店門就哈哈大笑。

當我們幾個正在一個書報攤上翻閱電影畫報，同時又為剩下的兩片牛肉乾而笑鬧爭奪時；忽然，我的動作定住。一部計程車戛然地停在書報攤旁，裡面走出一個身材頎長的紳士，緊緊擁在他臂彎內的是一個濃妝豔抹，穿著高叉旗袍的妖媚女人。兩個人依偎著，又說又笑的走進了一個門口。抬頭一看，門上掛著的一個招牌寫著「×××大舞廳」。

我倒抽了一口涼氣。同學們奇怪地問我到底是怎麼一回事。我說，沒什麼，只不過看到了一個很噁心的女人而已。表叔的事她們都知道的，她們也都渴望一見我所描述過的電影明星型的男人。可是，今天我不願意給她們看到，我所崇拜的表叔，竟跟這種女人在一起。

他怎麼會呢？也許那個並不是表叔，只是一個外形跟他相像的人罷了！我癡愚地這樣想。要不然，就是——，就是逢場作戲。對了，表叔一定只是逢場作戲，他不會對這種女人認真的。

如今回想起來，「逢場作戲」的想法固然不錯，但是，表叔對這種女人又何嘗沒有興趣？媽媽說他「專門跟女人鬼混」，肯跟人鬼混的，當然是這種女人嘛！那個妖媚的女人一定是個舞女。哼！他還問我喜歡不喜歡跳舞哪！還有那雙賊溜溜的眼睛，簡直把我看得渾身發毛。幸虧我不會跳舞，否則我……

女孩子的心理真是奇怪，當時我卻不懂得這樣想。我拚命的找出一千種理由來維護表叔，原諒表叔，並沒有因為眼看他跟那種風塵女人鬼混而減低我對他的迷戀與崇拜。我依然瘋狂地天天聽那張唱片，每當《齊瓦哥醫生》上映便要去看一次。甚至，後來在大學裡交男朋友時，也以對方是否與我有同好為原則。

不幸，後來做了我丈夫的江南卻是個典型的學電機的書呆子，對文學、音樂和藝術簡直可以說是絕緣的。不過，他除了學問好、脾氣好而能力又強以外，他還有著一項極為吸引我的條件——他的外貌酷似表叔。那時，表叔已經離開臺灣了。我想：江南不懂音樂不要緊，我可以慢慢陶冶他的。只要他能夠跟我一起欣賞《齊瓦哥醫生》主題曲，那麼，不就等於表叔的影子嗎？

到如今，我才知道自己的想法太幼稚了。婚後一年多以來，儘管我天天的放唱片給他聽（除了這一張還有別的），江南還是無動於衷，一點感應也沒有。他是個老好人，他自己不愛聽，卻也不干涉我，即使我把音量放到最大，他也不生氣。最令人啼笑皆非的是，他只知道我愛聽音樂，但是卻不了解音樂的真正意義。有一次，他陪朋友到唱片行買唱片，忽然想起自己的妻子也喜歡唱片，就隨隨便便叫店員包了十張最暢銷的，買回來送給我。我打開一看，原來全部都是流行歌曲，真是恨不得把它們全都砸碎了。我沒好氣的告訴他：「得了，你這個土包子以後別再冒充內行了。你根本連什麼叫音樂都不懂，還想買唱片送我？我看到了這種唱片就有氣。你趕快拿去送給你那位朋友吧！」

被我這樣損了一頓，要是換了別的男人，說不定就會給我一耳光。但是，江南的脾氣太好了（有時，我簡直覺得他溫柔得不像一個男人），他居然沒有生氣，不但乖乖的把那包唱片拿去送給了他那位愛聽流行歌的朋友，而且為了補償我的「損失」，又買了一大堆我愛吃的零食回來。

唯其因為他沒有個性，所以我漸漸的對他有點生厭了。有時，我癡癡地望著他那雙沒有因為K書而變近視的黑眼睛，以及挺直的希臘鼻子，心中便恨恨地想：為什麼他空有表叔的外形而沒有他的內蘊呢？上天賦予他一副美好的容貌，為什麼卻吝嗇著不給他以一顆玲瓏剔透的心？

我照樣天天放一遍《齊瓦哥醫生》主題曲，雖則，〈拉娜頌〉對我已是耳熟能詳，不再發生美感。我為什麼還要聽下去？也許那只是一種習慣，一種下意識的動作；也許我太寂寞；也許，也許，我對表叔還沒能忘懷吧？我又為什麼會對一個只見三次面的長輩會有這樣深的迷戀呢？到底是由於他的外貌，還是由於這首〈拉娜頌〉？還是由於春夜花園中的浪漫氣氛呢？事情過去這麼多年了，到現在我還說不上來。

從媽媽家回來，我又把這張唱片拿出來放一遍。我說過，本來，它已不再使我發生美感；如今，那個啟蒙我去聽這張唱片的人，那個與這張唱片發生最大關連的人已經死去，而那個人又從天神變成了魔鬼，那些熟悉的音符，遂變得索然無味，完全失去意義。於是，我從電唱機上把唱片拿了起來，用手把它掰成兩半，扔到字紙簍裡。

江南下班回來，手中拎著一大堆大小不同的包裹。一進門，就大聲的嚷：「蓓蓓，你看我給你帶了什麼東西回來了？」

我的心情很壞，也懶得去理他。於是，他就動手去解開紙包。當他要把紙丟到字紙簍裡去的時候，發現了那張破唱片，就撿起來看。

「咦！蓓蓓，怎麼你這張心愛的唱片破了？明天我再給你買一張回來好不好？」他趁機的討好我。

我抬頭望著他。他那雙黑黑的眼睛也正深情地望著我。不，他並不像表叔。表叔的眼睛裡有著狡猾、機詐和色慾；而他的卻是愛情和關切。他原來就是一個好好先生型的書呆子和忠實的丈夫；而表叔卻是個花花公子和色狼啊！我怎麼竟癡愚得把他當作是表叔的影子呢？

「不，不要買。江南，我已聽厭了這張唱片，我以後再也不要聽了。」我帶點歉疚地站了起來，接過他手中的紙包，原來，那正是我愛吃的滷鴨腎。

我撿了一片放到他嘴裡，自己也吃了一片。「江南，今天我不想做飯，我們到外面去吃，吃完了再去看一場電影。好嗎？」我說。

我忽然的變得柔順使他有點感到意外，不過他也沒有懷疑。「當然好哪！難得小姐這樣有興致，小生敢不從命嗎？」他怪聲怪氣地叫了起來，惹得我不禁抿住嘴暗笑。

《文藝月刊》

庭院深深

他的窗外是一片綠，綠得濃濃地化不開。不，這怎能說是他的窗外呢？那是他對門人家的院子呀！那個院子好深，樹木多得像個小森林，一眼望過去，到處都是濃濃的綠，除了一角紅牆，整間屋子似乎都隱藏在綠蔭裡。

他很喜歡這幢有著深深庭院的房屋，也很羨慕這幢房屋的主人。住在裡面多像世外桃源！那像我們這種一目了然，窄門小戶，一房一廳的小樓？同在一條巷子，為什麼卻是兩個截然不同的世界？啊！不要不知足了，以前我們住的那間鴿子籠似的三疊房間又如何？

他和他母親還是最近才搬進這幢小樓來的。七年前，他離家到高雄他舅舅的書店去做店員；做了四年，又應徵集令去接受國民兵訓練。在這七年裡，他母親一個人住在那間三疊的房間內，替人家車布邊、綉學號。直到最近，因為兒子要退伍回家了，她才動用這些年辛辛苦苦積下來的儲蓄，搬了這次家。

母親把一房一廳收拾得很整齊。她把前面臨街的客廳給兒子做書房兼臥室，她自己卻睡在那間狹小黑暗的房間裡。他——呂偉成，在書店做店員的四年生涯中，養成了手不釋卷的好習慣；回家的第一天，就在母親為他準備的木書架上擺滿了書。別瞧他只有初中程度，這七年來，他一有空閒就努力自修，現在，他回來準備考大專夜間部了。

為了要上大學，他把舅舅書店中的工作辭退了。雖然他很留戀那份工作，而舅舅對他也很好，他還是決心回臺北來另謀出路。經過七年來的努力，他母親和他都略略有點小積蓄，他短期不做事，也不至挨餓。更何況，他母親仍然在幹著縫布邊和綉學號的工作。

一整天，除了到外面為找工作奔走外，呂偉成都坐在窗前苦讀。讀倦了，便抬起眼皮，讓疲倦的眼睛憩息在對門院子裡的一片濃蔭上。漸漸的，他開始喜愛自己的小樓和面前的環境起來。小樓雖小，綠蔭雖不屬於我，但是小樓寧靜而舒適，綠蔭可供我養目怡神，又有什麼不好呢？

他常常痴痴地望著對門那扇深綠色的鐵門以及綠蔭中的一角紅牆發呆。那深深的庭院，難得出現一個人影，住的到底是什麼人呢？在濃濃的綠蔭裡，也常常有琤琮的琴聲浮動著，這、使得他不但眼睛舒適，整個人也為那美妙的琴音而陶醉起來。

音樂對他是無緣的，他對音律絲毫不懂。在小學裡，他跟著同學，裂開嘴巴，咿咿呀呀地唱「王老先生有塊田……」；在初中裡，他因為變聲而難得在上音樂課時開口；在軍營中，只知道直著喉嚨唱軍歌。真正的音樂是什麼？什麼樂曲才好聽，對他只是一片茫然，他從來都沒有想過。

可是，他現在被對門的琴聲陶醉了（他起碼分辨出那是鋼琴的聲音）。那琴聲像一隻溫柔的手，貼服地撫慰著他的身心，使他感到無上的舒適。他曾經在書本中讀到過「此曲只應天上有，人間能得幾回聞」這兩句話；他想：這大概就是人間難得聽到的仙樂了。在那庭院深深的、綠蔭覆蓋的宅第中，到底是誰在奏琴呢？想來大概也是一位仙子吧！

他天天痴痴地望著那扇深綠的鐵門，那濃濃的綠蔭，還有那一角紅牆，除了偶然一兩個來客以及出去買菜的女傭外，簡直難得看到一個人影。那彈琴的人難道真的是個不食人間煙火的仙子？不然，為什麼就是不讓凡人看見？

有一天，他正埋頭在煩人的代數習題裡，那些abed、xyz和阿拉伯數字使得他的眼睛發花，使得他的頭腦發脹，於是，自然而然的，他酸澀的雙睛又飛到對門的綠蔭上休憩。呀！深綠色的鐵門打開了，一個披著長長的直髮的少女，穿著一件純白的衣衫，捧著幾本洋裝書，冉冉地、飄飄然走了出來。她的長髮在微風中飄拂著，她的衣裙也在微風中飄拂著，就像個凌波仙子。他的眼睛發直了，站起身來，把頭伸出了窗口。一定是她！彈琴的仙子一定是她！只有這樣飄逸的一個人，才配彈出那種仙樂。

長髮白衣的少女走出了大門，挪動著輕盈而端莊的步子，不徐不疾的，向巷子出口走去。他呆呆地凝視著她纖細的背影，竟連母親喚他也沒有聽見。因為奇蹟發生了，這個靈秀飄逸的少女不但跟他想像中的彈琴仙子相符，而且面貌也似曾相識。

她到底是誰？為什麼那張臉我好像在什麼地方見過。那雙烏黑的大眼睛，那道挺直的鼻樑，那個小巧的嘴巴，在那張素淨的蛋形臉上配合得多麼適宜——是我在報上看過照片的中國小姐、名門淑女或者電影明星嗎？還是到過舅舅店中買書的顧客？

「媽，你認識對面的人家嗎？」呂偉成問他的母親。

「不，媽不認識。人家是有錢人，怎會跟我們小戶人家來往？」

「他們家裡的人很少是不是？」他的眼睛仍然注視著那深深庭院裡的濃濃綠蔭。

「是呀！我也很少看到他們有人出來。」做母親的說。

他默然了。看來母親知道得也不多，她鎮日埋頭工作，不是個喜歡探聽鄰里私事的長舌婦人。

還是不要多管閒事算了。人家是個有錢小姐哩！你這個窮小子妄想什麼？好好的準備升學吧！別把心想野啦！

說來奇怪，他不去想她，第二天，凌波仙子又出現了。他從外面回來，還沒有走到門口，就看見凌波仙子從她家的鐵門裡走出來。今天她穿的是一套象牙色的衣裙，手上依然捧著一疊洋裝書目不斜視的向他迎面走來，那副莊嚴曼妙的神情，就像是一尊玉琢的觀世音。

他深深地看著她，看著她那雙有著濃密睫毛的黑眼睛，看著她那嘴角微微上翹的櫻唇，越看越覺得熟悉。忽然，一個意念閃電般掠過腦際，他欣喜若狂地想高聲喊：「李小薇！」然而，話還沒有說出口，她已翩然遠去。

他嗒然若喪的站在路旁，望著她的背影喃喃自語：「沒有錯！沒有錯！她一定是李小薇！她一定是李小薇！我為什麼不早一點想起來呢？以後我不知道還能不能碰到她，今天錯過了機會，該多可惜啊！」

回到樓上，坐在窗前，他的思想再也無法集中在書本上。遙望著對門庭院中濃濃的綠蔭，他彷彿看到一張充滿了慧黠伶俐表情的小女孩的臉。

真想不到，十四年前那個曾經跟他一起爬樹，捉迷藏的小野女孩居然會變成這樣一個靈秀飄逸的仙女。她還認得我嗎？就算認得我，她會瞧不起我嗎？算起來，她今年應該已大學畢業了，而我卻只是個初中畢業生，怎能跟她相比呢？

他洩氣了。可是，當他想到她曾經坐在他的座位旁邊，他曾經送過她許多彈珠和香煙畫片，又覺得她大概不會忘記了他們之間的交情。那個時候的她不是這個樣子的，也沒有現在長得好看。他瞇起了眼睛，望著對門的濃濃綠蔭在想。那個時候的她，臉孔圓圓的，頭髮短短的，只有眼睛跟現在一樣（否則我怎會認得她呢）。她很聰明，在班上常常考第一；她很頑皮，玩「送大球」的時候，跌倒了也不哭。有一次，班上一個男生偷偷放了一條蚯蚓在她的抽屜裡想嚇她；她發現了蚯蚓，完全不像一般女孩子那樣尖聲驚叫，卻是很鎮定地用紙把蚯蚓拈起來交給老師，並且幫著老師找出惡作劇的男生，使那個男生被老師狠狠的打了一頓。她才不怕蚯蚓哪！他微笑著在回憶。她野得跟我們男孩子一樣，爬上樹去偷鳥蛋，到小溪裡去捉魚蝦，甚至蛇蛋也敢抓。那次，她為了跟他爭奪一隻撲來的顏色很美麗的大蝴蝶，兩個人竟大打出手，後來，還是他讓步，把蝴蝶送給她了事。

對了，她還會唱歌和跳舞！每次遊藝會都有她的表演節目的。既然她小時喜歡唱歌，那麼現在彈琴的人一定是她了。我不會猜錯的。只是，我還能遇到她嗎？我叫她她會理我嗎？

入夜，深深的庭院又傳出了琤琮的琴聲，琴聲像隻溫柔的手，輕輕地撫慰著他的身心。在睡夢中，他變成了一個留著平頭的小男孩，跟一個短髮圓臉的小女孩在林中互相追逐著。當他捉到了小女孩時，小女孩卻掙脫了他的手，變成了一個長髮白衣的仙女，冉冉升上了天空。他驚奇地發覺天空竟然是綠色的，綠得就像他對門院子裡的綠蔭一樣濃……

第二天上午，他固守在窗前，決心要等候李小薇出來。大半個上午快過去了，她的家都是重門深鎖，庭院寂寂，連人影都看不到一個。他母親要燒飯的時候發覺油已用完，叫他到巷口的雜貨店去買。他穿著件汗背心，趿著拖鞋，就提著油瓶下樓去。

當他拎著那個滑膩油汙的油瓶回家時，出乎意料的，竟跟那位莊嚴神聖的白衣仙子碰個正著。他喜出望外，忘記了自己衣衫不整，衝著她就叫：「李小薇！李小薇！」

她站住了，驚訝地望著他，把他從頭到腳的打量了一遍，大眼睛裡蘊含著憤怒的表情，薄薄的兩片嘴唇微微在顫抖：「你是誰？你怎會知道我的名字？」

「李小薇，你不認得我了？我是呂偉成呀！」他並沒有因為她態度傲慢而生氣。

「呂偉成？對不起，我不認識你。」她瞥了他一眼，就想離去。

「李小薇，你怎麼不記得了？我們在中正國校同過學，還同坐過一個位子呀！」他的眼裡閃耀著光芒，情急地說。

「中正國校？」她依然驚訝地瞪視著他，不過，眼神裡已消失了憤怒的成份。她喃喃地說：「中正國校？那是十幾年前的事了，我的確在那裡唸一二年級的。你說你跟我坐在同一個位子上？你叫——」

「呂偉成。我們常常在一塊玩，我們還曾經為一隻大蝴蝶打過架哩！」他越說越高興，完全忘記了自己在外形上和她的不相配。

她又打量了他一眼，嘴角浮出了一絲幾乎看不見的微笑。「呂偉成？可是他那個時候不是這個樣子的呀！」

「當然，十幾年了，你也變了不少。」他坦然地望著她那雙又大又黑的眼睛，是這雙眼睛使他記起了童年的她的。

「住在這附近？」她盯著他手中的油瓶以及他腳上的塑膠拖鞋。

「是呀！我就住在那個樓上。」他又是坦然地伸手指了指他所住的小樓，然後，乘機又問：「你呢？你住在那裡？」

她囁嚅了一下。「我也是住在附近。」低頭看了看手錶，就驚叫了起來：「呀！我要遲到了。再見！」說著，向他展露了一個幾乎看不到的微笑，頭也微微的一點，就冉冉地、飄飄然的走了。

他望著她輕盈的步履、凌波仙子似的體態，不禁又是愣在路旁。

拎著油瓶，回到家裡。母親問他為什麼買油買了那麼久。他興奮地告訴母親，他碰到了小學時的女同學，而那女同學就住在他們對面。他就是這麼一個肯寬恕別人的人，雖然李小薇不願意把住址告訴他，但是他一點也不在意；能夠碰到兒時的好友，而且還跟她說過話，他就很滿足了。

我還會碰到她的。整個晚上，他聆聽著對門傳來的美妙琴聲，便忍不住想她。那段日子真是快樂！他躺在床上，雙手枕在腦後這樣想。那時他和他母親就是住在那間三疊的小房間裡，母親在巷口擺了一個小攤子，賣香煙和愛國獎券（她後來才學會了縫布邊和綉學號）。他上他的學，絲毫不覺得也不懂得沒有父親和家貧之苦。小孩子之間是沒有貧富之分的，他們從來不計較這些。他不知道李小薇是名門之後，李小薇也不知道他的母親是個攤販，即使知道了，也不會影響到他們的交情。他和她，還有別的孩子，一起度過了兩年快活無憂的月。然後，他們升上三年級的時候，李小薇便不來上學，老師說因為她搬了家，所以轉學到別的學校去了。當時，他還曾經因此而大大傷心過一陣子。

她現在是在做什麼呢？今天她說「要遲到了」，是去上班，做家教，還是上課？假使她升學一直順利的話，現在大概已經大學畢業了，她是讀什麼的？會像一般人那樣一窩蜂的出去留學嗎？她家這麼有錢，這是非常可能的啊！

於是，他又想到自己了。這些年來暗中摸索，算是把高中課程都自修完（初中畢業那年，當他明瞭家裡的環境不容許他升學時，他真是懊惱得想自殺）；但是，他有把握考取夜間部嗎？考不取的話，恐怕就只有回舅舅的書店去工作的份兒了。想不到臺北的工作這麼難找，他奔波了這許多天，還是一無所獲。做低層的工作，人家嫌他年紀大；做高級一點的，人家又嫌他學歷不夠。這使得他對自己的如意算盤——半工半讀——大有落空之感。

想到這裡，他的那份自卑感重又抬頭。我的一切一切都比不上李小薇，還是不要妄想和她恢復交友吧！我和她是生活於兩個不同社會的人啊！

有好幾天，他強迫自己埋頭書本，不去看那有著濃濃綠蔭的深深庭院，不去聽那仙樂似的琴聲，甚至當李小薇走過他的窗下時，他也只投以輕輕的一瞥。他以為自己已做到了心如止水，事實上，他的內心卻像一個在沸騰著的火山口，隨時都會爆發、燃燒。

有一天，他在報上的分類小廣告裡看到一則徵求有經驗書店店員的啟事，抱著姑妄試之的心情去應徵，出乎意料的，由於條件合適的關係，他竟然被錄用了。狂喜地，他有意無意的在李小薇每天出去的時候回家，果然他在巷口碰到她。她的長髮、黑眼和白衣都在陽光下閃閃發光，真像個仙女！

在找到工作的喜悅下，他把內心的自卑感壓了下去，臉紅紅地衝著她叫了一聲：「李小薇！」

白衣仙女有點不情願地站住，露出了一個勉強的笑容。「哦！呂偉成！」聲音小小的，毫不帶勁。

「李小薇，你上哪兒去？」他指了指她臂彎中的洋文書。

「我去讀西班牙文。」她有點不耐煩。

「你大學畢業了吧？」他卻繼續問下去。

「嗯！」

「你在那裡畢業？是不是唸音樂系？」他微笑著。

「奇怪！你怎會知道我讀音樂系？」她的黑眼睛瞪得大大的，但是並沒有回答他的第一個問題。

「因為我天天都聽見你彈琴，而且彈得那麼好。」他溫柔地注視她。

「哦！」她應了一聲，反問他：「你還沒有告訴我你的情形哩！你現在是在唸書還是做事？」她的臉色漸漸放霽。

「我不像你們這樣幸運，我讀完初中就沒有再升學了，現在在當店員，今年我想考夜部。」他據實告訴她。

剛剛放霽的臉又立刻繃緊了。她退了一步，把他從頭到腳的打量了一遍，「讀完初中就沒有再升學」、「現在在當店員」是一種可怕的傳染病。她美麗的眼睛裡露出戒備的神色，臉無表情的匆匆說了聲：「再見。」說完了拔腳就走。

就像上次那樣，他又是呆呆地站在路旁，直至她纖秀的背影離開他視線為止。起初，他不明白自己什麼事得罪了她；後來想通了，馬上又覺得臉上熱辣辣的，像被人重重地摑了一巴掌那樣難受。他垂著頭回到家裡，悲傷得忘記了把自己找到工作的好消息告訴母親。

當他坐在窗前讀書，而對門的綠蔭又映入眼簾時，他在心裡暗暗發誓，以後不要再「碰」到她了；即使碰到，也要避開，不要跟她打招呼，以免她受窘。是我自己不知自量，妄想高攀，是不能怪她的。

忙碌的書店店員工作使他暫時忘記了這件傷心事。同時，考試的期間近了，晚上回到家裡還要開夜車準備，也使得他連眺望對門的綠蔭和想念凌波仙子的時間都沒有。等到他偶然想起，才發覺怎麼最近好像沒有聽見琴聲了。不過，他也搞不清楚，到底是自己太專心讀書，以至聽不見呢，還是對門真的沒有琴聲傳出來。

在秋老虎的肆虐中，他通過了大專夜間部聯考的大關。考完以後，頭腦昏昏沉沉的，他不知道自己有沒有考取的希望，反正他已盡了一己的能力去做；對得起母親，也對得起自己。

這以後，他彷彿便沒有什麼事情可做了。為了要參加這場考試，他準備了好幾年，也緊張了好幾年；當它一旦來臨，一旦過去，原來卻不過只是這麼一回事，那份像失落了什麼似的感覺，簡直有說不出的空虛寂寞。

晚上在家的時候，他又開始痴痴地凝望對門那深深的庭院（在黑夜中，濃濃的綠蔭看不見了）。他渴望看到李小薇，也渴望聽到那能夠安撫他心靈的琴聲；然而，他什麼也聽不到。在黑影幢幢的樹蔭下，庭院寂寂，人影杳然，甚至那從樹影中透露出來的燈光也是微弱而朦朧的。這到底是怎麼一回事？這到底是怎麼一回事？是不是她生病了？

為了應付考試，他已好幾天沒有看報了。一天的午後，天下著雨，書店裡的生意很清淡，他拿起了報夾，隨意地翻閱著最近幾天的新聞與舊聞。忽地，報上一張照片吸引了他的注意。照片中是一個長髮披肩的少女，一雙黑亮的大眼睛閃耀著內心的聰慧，清麗脫俗的臉蛋表露出她靈秀飄逸的氣質。這不就是他苦苦思念著的李小薇嗎？

像觸了電似的，他用發抖的手緊緊握著報紙，迅速而又仔細地把照片旁邊的新聞報導一口氣看下去。

標題是「青年女鋼琴家李小薇昨開獨奏會」。文裡說：「今夏方從×大音樂系畢業的青年女鋼琴家李小薇小姐，昨晚八時在中山堂舉行獨奏會，彈奏蕭邦、李斯特、修曼、德布西等作品十餘首。指法純熟，臺風優美，極獲與會千餘聽眾之好評，咸認為是當今樂壇之彗星。聞李小薇小姐已獲得西班牙馬德里音樂學院之獎學金，將於明日啟程赴西深造云云。」握著報紙的雙手把鬆了。他長長地吁了一口氣，也不知是嘆息還是寬心。哦！原來是這麼一回事！她沒有生病，而是飛了。（仙子當然會飛啦！是不是？）他把這則簡單的新聞又重看了一遍，然後又看了看報頭上的日期，八月廿五日，正是他考試的前一天。那麼，她就是在我去考試那天走的哪！怪不得前些日子老是看不到她的影子。

知道了她的消息與行踪，他的心境安寧下來了。下班後，他特地到那家報館去把八月廿五日的報紙買了一份回家。在日光燈照耀下的窗前，他小心翼翼地剪下報上所刊登著的李小薇的照片，捧在手上，看了又看。照片中的她，眉眼盈盈，似乎望著他在笑。這溫馨的笑容，使他想起他們兩次碰到時她對他的冷淡；於是，他又嘆氣了。人為什麼長大了就會變？李小薇為什麼不能永遠是那個短髮圓臉的小女孩？為什麼只因她是個準留學生和小有名氣的鋼琴家，而他是個初中畢業生和店員，他們就要相逢如陌路？童年時歡樂無憂的日子那裡去了？那隻他們曾經爭奪過的大蝴蝶是不是已成了灰燼？

默默地，他把她的照片夾進日記本中。

黃昏時剛剛停歇的雨，不知何時又下了起來。在黑暗中，隔著濛濛的細雨，對門那深深的庭院只剩下一個模糊的黑影，濃濃的綠蔭和一角紅牆，都已看不見；而那飄逸的凌波仙子，那像仙樂一般的琴聲，也只能在他的睡夢中和回憶中出現了。

《中華副刊》

談詩的下午

「邵桐梓！邵桐梓！」王敬方隔著院子叫了兩聲，也不等候回答，就自己推開院門走了進去。

走過那條短短的水泥小徑，還沒有聽見有人答應。這小子，今天下午不是沒有課嗎？躲到那裡去了？

Believe me, if all those endearing young charms,
Which I gaze on so fondly today,
Were to change by tomorrow, and fleet in my arms,
Like fairy gifts fading away.

一陣溫柔的女聲，在低低地吟誦著Thomas Moore的名詩。啊！是誰如此風雅？邵桐梓是沒有姊妹的，敢情這小子交上了女朋友，兩個人正在熱絡，連我叫他都沒聽見吧？我倒要嚇他一嚇。

輕輕推開了客廳的紗門，探頭進去。一個穿著件半舊旗袍的中年婦人端端正正地坐在邵桐梓的書桌前，在輕輕的吟哦著。Thomas Moore美麗的詩句，就是從這個沒有塗口紅的東方人口中流瀉出來。奇怪！邵桐梓的母親居然會讀英文詩，我為什麼從來沒有聽他說過？

「伯母，邵桐梓在家嗎？」王敬方叫了一聲。

讀詩時婦人猝然一驚，放下手中袖珍本的精裝詩集，轉過頭來。「啊！是你，王敬方。桐梓到美新處圖書館去借書，很快就回來的。你進來等一下吧！」

他不由自主的就走了進去。其實，也沒有什麼重要的事要找邵桐梓，只是，湊巧他這個下午也沒有課，就想找個人蓋蓋而已。

邵太太站起來，走到後面去，一會兒就捧了一杯開水出來。「坐呀！王敬方！」她親切地招呼著他。

「謝謝伯母。」王敬方雙手接過杯子，拘謹地在邵太太的對面坐下。

其實，在邵太太面前，他是無須侷促的。他和邵桐梓高中同學三年，到邵家已來過很多次，考上大學後雖然分開了，還是不時來往。邵太太對她兒子的同學們一向也很隨和，他又有什麼好害怕的呢？是為了忽然發現邵太太的另一面，因驚訝而使得他對她感到陌生嗎？

「你好久沒有來玩了，功課很忙吧？」邵太太望著他，慈藹地微笑著。

「還好。」他回答得訕訕然的，他真恨自己，為什麼忽然變成了一個羞澀的小姑娘呢？

邵太太微笑的看著他，似乎也想不出什麼話來說。一會兒，她口中嘟囔著什麼，就匆匆走到裡面去。當她再走出來的時候，手中捧著一盤餅乾；同時，她發現王敬方站在她兒子的書桌前面，在翻閱著那本小小的詩集。

「吃點餅乾吧！王敬方。」她把盤子放在書桌上，然後帶點靦覥的說：「這是桐梓的書。」

「剛才我聽見伯母在讀詩，讀得真好！」王敬方費了很大的氣力，鼓起勇氣說，他感到自己的兩頰熱辣辣的。

「啊！王敬方，你不要笑我，我已經離開學校二十幾年，什麼都忘光了。」邵太太的臉上飛起了兩朵紅雲，竟然帶著點少女的嬌羞。王敬方覺得：她此刻真像透了邵桐梓。

「伯母以前是唸西洋文學的？」王敬方又大膽的問下去。

「不是，我原來是讀中國文學的；不過，我對西洋文學一直都很感到興趣。」

「我本來也是想讀外文系的，可惜卻分發到歷史系去。還是邵桐梓運氣好，考取了第一志願外文系。」談話漸漸活潑起來，兩人之間的拘謹氣氛也漸漸消除了。

「吃點餅乾吧！」邵太太把盤子遞給王敬方。「我們做學問不是為別人，而是為著自己的，你課餘在家裡自修西洋文學不也是一樣嗎？」

拈了一片餅乾放進嘴裡。「是的，伯母。邵桐梓有您這樣一位母親真幸福。」王敬方望著面前這位樸素無華的婦人，不禁想起了自己的母親——整天打扮得花枝招展的，不是坐在牌桌上，就是逛百貨公司和委託行，難得跟兒女在一起。

「也不見得，桐梓有的時候還不是也嫌我嚕囌，嫌我管得太嚴。」邵太太淺淺的一笑。

「不過，我們母子之間還談得來就是，那是因為我和他興趣接近的關係。」

「邵桐梓真幸福，我母親從來不跟我談這些。」王敬方低著頭，搓著手，喃喃自語。

「大部分的母親都不會跟兒女談詩論文的，她們的責任是照料他們的生活起居。」邵太太似乎是在安慰他。

「不是的，我的母親根本不懂這一套。」王敬方卻誤會了她的意思。

「不一定每個人都懂得詩嘛！其實我也不懂，我只是瞎讀著好玩而已。」邵太太慌忙的解釋。

「那裡？伯母太客氣了。」望著書桌上那本精緻的、燙金的詩集，王敬方又問：「伯母，您最喜歡的詩人是誰？就是Thomas Moore嗎？」

「是的，我很喜歡他，不過我也喜歡班・莊笙。」邵太太的眼裡閃耀著快樂的光輝。

「伯母不喜歡雪萊？」

「我年輕的時候瘋狂地喜歡雪萊的詩，也喜歡濟慈的。現在，年紀大了，卻喜歡一些比較平易的小詩。像美國田園詩人Robert Frost那些淺顯的、易讀的句子，不是很耐人尋味嗎？」

「是嗎？Frost的詩我還沒有讀過哩！」王敬方用無限崇敬的眼光注視著他同學的母親，不由得又想起了學校裡的一個女教授。她每天來上課都塗著滿臉的脂粉，授課的時候只是捧著講義在唸，大家都嫌她，根本就沒有人聽她講。假如邵伯母來教我們課多好！她這些平易近人的談話，比那沒有靈魂的、枯燥、沉悶的講學有意義得多了。

「那你真應該讀一讀，我覺得他的詩有點像白居易的風格，用字那麼淺，連沒有讀過書的老太婆都看得懂，可是意境又是那麼優美高深。不是比那些自命不凡，故意選用怪癖的字眼使人讀不懂的詩人可愛得多嗎？」邵太太坐在王敬方對面，很自然、很隨便地侃侃而談。

王敬方迷惑地看著這個樸素的家庭主婦，心裡就是不明白，這個一天到晚躲在家裡，甚至躲在廚房裡的婦人，怎會懂得這樣多呢？他簡直不能想像，眼角已生出了魚尾紋、梳著古老髮型、穿著過時旗袍的邵伯母，當年也曾像他現在的女同學們一樣，臂彎中捧著一疊洋裝書，活躍在最高學府的校園裡。

「伯母，您對現代詩有什麼看法呢？」從邵太太的書裡，王敬方又引起了另外一個問題。

「我不反對現代詩，在藝術方面，我一直都贊成要求新求變的。不過，我認為詩的本質不能變。譬如說，詩必須有詩意，必須唸起來悅耳；換句話說，就是必須維持美的本質。現在，有些人故意用一些恐怖的、骯髒的字眼入詩，像蛆蟲、膿血、屍體之類，看到了就使人噁心，又有些人故意用一些科學上的專門名詞，使人看了莫名其妙。這樣的標新立異，嚴格說來，就不能夠算是詩了。」

邵太太娓娓地談，說話的時候她很少用手勢，臉上也只是一直保持著恬靜的笑。但是，在王敬方的眼中，她的談話卻遠比那位女教授動聽得多，那位喜歡塗脂粉的女教授，高興的時候講話嗲聲嗲氣的，肉麻兮兮；生起氣來，卻又兇得要死，真是令人不敢領教。

「伯母的話真有見地，您這樣有學問，假如到大學裡去開一門英詩研究，一定很叫座！」不由自主的，也是衷心的，王敬方就說出了這幾句連自己也覺得幼稚的話來。

「啊！王敬方，你真會開玩笑！我那裡有資格去教大學呢？」邵太太的兩頰又泛起一陣紅暈。在王敬方的眼裡，她的謙遜已在她的頭頂上化成了一道榮光，使她看來像個聖者。

「伯母太客氣了。」他笨拙地說。

談話中斷了，兩人之間冷場了一兩分鐘，似乎再也接不起來。邵太太啜了一口茶，把餅乾遞給王敬方，又望望牆上的電鐘說：「奇怪！桐梓怎麼還不回來呢？」

「沒有關係，我可以等他。」王敬方不明白她的意思，自以為很得體的回答。

「這樣吧！王敬方，」邵太太站起來說：「你隨便坐坐吧！我得燒晚飯了，你吃了飯再走。」

「伯母，」王敬方也站了起來，支吾著：「不了，我還有許多功課要做，要回去了。」

「你剛才不是說可以等候嗎？」邵太太詫異地望著他。

「我剛才沒想到，現在忽然記起來了。」他結結巴巴地，像個說謊的孩子。又怎能告訴邵太太，他妒忌邵桐梓有個這樣的好母親，有個這樣溫馨的家庭；他寧願回家去獨自在那張大圓桌上吃佣人燒的晚飯，也不願夾在這個和煦的家庭中間，觸景生情。

「你沒有騙我吧？王敬方。」邵太太望著他那雙不安的眼睛。

「沒有，我沒有騙您，伯母，謝謝您的談話，我走了，再見！」王敬方急步走到門口，他深怕自己一猶豫，就會停下來。

「那裡、那裡，有空歡迎你常常來。」邵太太站在門邊，微笑著看他離去。

胸臆中充滿著興奮、滿足、惆悵和懊惱，王敬方低著頭在巷子中急急的走著，猛不提防，跟一個人撞了個滿懷，他慚愧地急忙抬頭想跟那個人道歉，雙肩卻被那個人緊緊握著：「王敬方，幹嘛呀？一副失戀詩人的模樣，是不是給密斯甩了？」那熟稔的聲音正是邵桐梓的。

「好小子，人家在你家裡等了你半天。你跑到什麼地方去了？」看見了他的好朋友，王敬方的眼睛就亮了起來，他順手把邵桐梓搭過來的雙臂握住，兩個人的四條手臂就交纏在一起。

「真的嗎？太對不起了！」邵桐梓滿臉的歉意。「我去美新處圖書館借書沒借到，結果又去逛了一會兒書店，所以回來得遲了一點，你現在再回我家去好嗎？」

「我不想再回去了，我們就在這裡談談吧！」王敬方放開握住邵桐梓雙臂的手，兩個人就並排的站在路旁。

「怎麼樣？王敬方，你最近K書K得成績如何了？」邵桐梓望著王敬方說。王敬方覺得：邵桐梓溫厚的笑容，真像煞了他的母親。

「我那裡比得上你啊？你有著這麼一個好母親，怪不得考取了第一志願啦！」情不自禁地，也是莫名其妙地，王敬方就酸溜溜地這樣答非所問。

「你，你怎麼啦？」邵桐梓看出了王敬方的異樣。

「邵桐梓，你有這麼一位有學問的母親，也不讓我們知道，未免太自私了吧？」王敬方仍然語無倫次地說。

「王敬方，你今天怎麼啦？我不明白你在說什麼。」邵桐梓用力地搖撼著王敬方的臂膀。

「你別這樣扯我好不好？」王敬方摔開了邵桐梓的手，「你怎會聽不明白呢？我說：你有一位懂詩的母親，但是你卻對我們說你的母親只在家裡管家燒飯。」他的語氣仍是酸溜溜的。

「我說她在家裡管家燒飯，有什麼不對？事實上是這樣嘛！」邵桐梓不服氣地大聲的嚷。忽然，他又驚奇地喊了起來：「咦！怎會知道我母親懂得詩的？」

「我親耳聽見她在讀英詩，而且，她還跟我談了一個下午的詩。」王敬方的酸氣和怨氣過去了，此刻，他顯得有點得意洋洋的。

「是嗎？我母親的確很喜歡詩，她也常常跟我談詩論道。」邵桐梓應了一聲，很平淡地說，因為他本身並不覺得有一個懂詩的母親有什麼特殊。

「邵桐梓，你母親真是了不起！我羨慕你。」王敬方卻是激動地同他的好友表露了他的心跡。

「我母親只是一個詩的愛好者而已，怎可以說得上了不起呢？不過，她的確是一個好母親，她熱愛她的家和子女。」邵桐梓依然淡淡的說。

「邵桐梓，你別『人在福中不知福』好不好？像這樣的母親，十萬個女人裡面怕也找不到一個吧？你說，有沒有一個女人，一面在柴米油鹽中過日子，一面還不忘讀詩的？」王敬方大不以為然的，訓著他的好友。

「嗯！王敬方，你說得對！」邵桐梓恍然大悟地。「詩，似乎是屬於年輕人的。但是，我母親已到中年，仍然愛詩，這不是很難得嗎？怪不得她到現在還保持著一顆年輕的、純潔的、真摯的心了。」

「對呀！邵桐梓，你應該感謝上蒼賜給你這個好母親的，我走了，假使你母親願意再跟我談詩，我以後會常常來的。再見！」王敬方向邵桐梓揮揮手，大踏步走了。

邵桐梓也急步跑回家裡，他要向他的母親道歉，這樣遲才發現她的全部好處。

王敬方一路上，心中都在低吟著邵太太剛才所讀的Thomas Moore的那首詩。不錯，「絢爛的青春是會像神仙的禮物般轉眼消失的」，但是，像邵太太那樣內心長保青春的人，又何懼於歲月的消逝呢？我為什麼沒有一個懂詩的母親？啊！為什麼？為什麼？

《聯合副刊》

伏櫪心

章幼松從他的房門口望出去，他的父親章道誠又深陷在客廳那張舊沙發裡，全神貫注在電視機的螢光幕上。他的母親在廚房和飯廳之間出出進進的忙著收拾碗盤，只是偶然走過來，望一眼；他的弟弟妹妹們都在做功課。唯有他父親，彷彿是家裡最空閒的人，每天吃過晚飯，假使不到電視機前面坐下來，便沒有辦法打發那段睡前的光陰似的。

螢光幕上出現了一個蛇樣的女人，扭著腰肢，沙啞著喉嚨，在唱著一首靡靡之音。章幼松感到一陣噁心，連忙低下頭回到他的課本裡。爸爸是不是變了？他本來很討厭流行歌曲的，如今為什麼竟沉迷上這種低級的趣味呢？

自從家裡買回來這部分期付款的電視機以後，章幼松對它便沒有好感，為了表示他的反抗意識，他頑固地堅特不去欣賞任何一個電視節目。因為，他覺得這具「文明怪物」正在腐蝕他父親的豪懷壯志，為了保護他所敬愛的父親，他必須與之抗衡。

他的母親在忙完家務之後，坐下來看看長片或者電視劇，他一點也不覺得有什麼不對。

她辛勞了一整天，是應該鬆弛一下的。他也不反對他的弟弟妹妹們在做完了繁重的功課後看看影集，他知道那可以使他們多學到一些東西。

不知怎的，他就是不同意他的父親這樣「頹廢」。他的父親應該是不同於一般平凡的父親的。他和他的父親曾經是一對無話不談的好朋友。自從他上了高中以後，他們就經常在一起研究文學、欣賞音樂。他上了大學，他父親變成了他的「同學」。他做功課的時候，父親就坐在他的身邊，跟他一起朗誦英詩，一起討論世界名著。這兩年來，他升高年級，父親更變成了他的學生，向他學習他由教授那裡學來的新學問——西班牙文、德文和法文。

父親是不同凡響的。章幼松曾經不止一次為自己感到驕傲。別人的父親下了班就上酒家、上舞廳、上歌廳、上牌桌；而我的父親卻是跟兒子一同研習新的學識。有時，父親興致來了，還會在燈下臨池練字，或者高聲朗讀唐詩。父親寫得一手好蘇體；他讀詩的聲調又極其悅耳。這時，他就會忍不住走過去拍拍父親的肩膀，說一聲：「爸爸，好棒！」誰說不是？我的父親雖然只是個小公務員，但是他的學者氣質並沒有因為多年來的「等因奉此」，案牘勞形而消滅；憑他這股強烈的求知銳氣，將來有一天總會出人頭地的。將來，假使我有幸能夠到歐洲留學，我一定要接爸爸去玩玩，使他能夠有機會使用他新學來的語文。

然而，是什麼使得父親變得如此消沉的？那部電視機真有如許魔力嗎？看！父親每天吃完晚飯，就往電視機前一坐，非坐到十點十一點不上床，大好光陰，就如此的消耗淨盡，豈不可惜？若說他真的能夠娛樂身心，那也罷了。事實上，他只是默默地把身體深陷在那張舊沙發裡，呆呆地注視著螢光幕，一言不發，眉頭深鎖。表面上他是任何節目都不放過，連廣告也要看；但是，天曉得他看進去了什麼？啊！爸爸，您到底在逃避著什麼？您有什麼心事？為什麼不讓兒子分擔一下？您這樣整夜的坐著，不但會消磨壯志，而且對健康也不好，您已經坐了一天的辦公廳，晚上是需要運動運動的呀！

章幼松遠遠望去，在燈光下，父親頭上的白髮歷歷可數，臉上的皺紋也似乎比白天更多一點。父親縮著頸、弓著背、袖著手，半個人都埋在沙發裡面，才不過五十多歲的人，看來就十足像個老頭子。章幼松一陣心痛。不行！我一定要挽救爸爸，我不能讓爸爸就此消沉下去。

他拿起桌上一本書，走到父親身邊。「爸爸，這是我新買的《英文散文選》，裡面有好幾個你喜歡的作家所寫的文章，您要看嗎？」他把書放在父親的腿上。

「唔！等我有空再看。」章道誠只把封面瞥了一下，就把書還給兒子。他那張平板的臉上沒有半點表情。

討了個沒趣，幼松幾乎都要哭出來了。他退回房間裡，一會兒，他看見父親站起來走進浴室，就連忙跟進去。

「爸爸，您最近好像不喜歡看書了，是不是？」一向跟父親相處如朋友的兒子大膽地提出了他的問題。

「我近來感到很累，不想多花眼力。」章道誠把頭俯在洗臉盆上，用力的洗著臉，飛濺的水花使得幼松不得不倒退兩步。

「可是，多看電視對眼睛也有影響的。」兒子囁嚅著。「而且，爸爸很久沒跟我一起練習西班牙文和德文，剛學的法文恐怕也忘了。」

「幼松，你怎麼啦？我在辦公廳裡忙了一整天，晚上看看電視有什麼不對？這也要你來管？你不要再強迫我去學那些鬼洋文了好不好？這麼一大把年紀了，怎會學得好？就算是學好了，又有什麼用？難道我還會有機會去留學，去環遊世界？」做爸爸的從臉盆裡抬起頭來向兒子吼著。他的臉上塗滿了肥皂沫，一張臉都變成了白色，顯得他的眼白和牙齒都很黃，看起來好怕人。

「爸爸，一個人不應該太自暴自棄，您還不到老的年紀，再說——」幼松文退後兩步，但是他仍然不放棄他的努力。

「走開！走開！你這臭小子，居然教訓起老子來了？走！走！」章道誠呲著牙，揮著手，像要向兒子撲過來似的。

幼松又害怕又傷心地離開了浴室。爸爸真是變了，二十一年來，他都不曾這樣兇的對待過我啊！

臭小子，好大的膽！居然教訓起我來了。我在辦公廳裡辛苦了一整天，難道回到家裡還不該輕鬆輕鬆？章道誠躺在床上，一直在為兒子的斗膽而氣惱。但是，我在辦公聽裡真的是很辛苦嗎？想到這裡，他的臉不禁在暗中發赭：我正是我們這個社會上各機關中那些冗員的典型代表啊！他每天到機關裡坐八小時是不錯的，然而他的工作只要一兩小時就可以辦妥了。剩下的時間，聊天、看報、看武俠小說、喝茶、下棋、打電話……雖然很不易熬過去，但畢竟每天也都打發過去了，而且一晃就過了十幾年。

從前，他記得日子不是這麼無聊，工作也不這麼清閒的。當他剛進入這個機關的時候，由於他的毛筆字寫得漂亮，他這個繕寫員相當的受重視，局長和主任、科長的重要交際信都交給他寫。照理，以他的才能和實際工作是很有升任秘書的可能的。只是，不知道是由於他的運氣不好，或者是不善逢迎之故，他就是得不到遷升的機會，十幾年來，一直是個繕寫員。近來，他一手漂亮的字已漸漸無用武之地。因為中文打字機取代了他的工作。美麗的、年輕的打字小姐一分鐘可以打出幾十個字；而使用毛筆的他一個鐘頭才可以抄完一份幾百個字的公文。在物競天擇的原則下，毛筆和繕寫員不是會遭受到淘汰的命運嗎？

剛進這個機關的那幾年，他還有著無比的雄心壯志，並不甘心以繕寫員終老。他曾經希望能夠擔當國文教員，新聞記者或其他一些要筆桿的工作，但是，一紙文憑限制了他，使他不得不一年一年的抄寫下去。他的學業是在抗戰期間被炮火中斷了的，好學的他，雖然多年來都在過著窮困的日子，但還是咬著牙根發誓，無論如何，他一定要使他的子女通通完成高等教育。

還好，長子幼松真的不負所望，他考上了國立大學，而且成績一直很理想。他跟著兒子一同學習，年輕時失落了的夢，似乎又掇拾回來。

但是，他學習的興趣並沒有維持太久。也許是年齡大了，記憶力減退，使得他學過了馬上又忘掉。也許是他的身體健康已開始下坡，讀書的時候注意力往往不能集中，使他在學習的過程中事倍功半。這些，都是影響到他學習的興趣的原因。學習第三國語文，恐怕也只是為了滿足個人求知慾上的虛榮心罷了！章道誠近來曾經這樣為自己分析過。雖然只學到了一些單字和一些短句，而舌頭又已經變硬，發音根本不行，不過，總算多懂三國的文字呀！這樣就夠了，我才不要多花精神去學。學好了又有什麼用處？憑我這樣一個小人物，又不會有機會出國遊歷去考察，即使外國話說得呱呱叫又怎麼樣呢？

前些日子，他的機關裡盛傳著要裁員的消息，一些跟他同屬冗員的同事，無不人人自危。這個機關的待遇並不好，不過，也總算沒使他一家大小餓死。十幾年來，他就靠這份微薄的薪俸養活了一家五口。假使我一旦失業了，一家人靠誰維持呢？幼松還沒有畢業，他的弟弟和妹妹都還在念中學。我這個做家長的，責任仍然很重的呀！萬一我被裁了，真是休想再找到別的工作。年齡大，沒有大學文憑，無一技之長；（一手漂亮的字，半調子的外文程度算得了什麼？）一旦失業，就是絕路一條。想開爿小店，做點小買賣，又沒有本錢。看來，假使那個不幸的一天真的來臨，他就走投無路了。現在，章道誠這才深深的體會到「四十五十而無聞焉」

的況味。

幼松這個臭小子真是個十足的書呆子，一點人情世故也不懂。前幾天，我只不過透露了一點厭煩上班下班的刻板生活的意思，他就叫我不要幹。臭小子，我不幹全家人靠什麼生活，喝西北風嗎？他還說：「爸爸，等我畢了業，找到工作，就可以養你們了。那時，爸爸就可以天天坐在家裡讀書寫字，不必到外面奔波啦！」笑話！一個剛進社會的毛頭小子能掙多少錢，可以養活一家五口？再說，我又不是七老八十，為什麼要坐在家裡靠兒子養？不！不！我的生命旅途還有一大截，我還想作為一番哪！

可是，我能做什麼？一手漂亮的字，去替人寫春聯、寫招牌？半調子的外文，去做西崽、去做僕歐？笑話！我章道誠是個堂堂讀書人，又豈甘自貶身分？

算了，算了，還是不要想得太遠吧！人生幾何，何必自苦？吃過晚飯，往電視機前一坐，管它播出的是什麼，反正可以殺死時間，看到眼睛睏倦，往床上一倒，立刻呼呼大睡，煩惱何從而生？幼松這臭小子不懂大人心理，還強迫我跟他一起讀。他根本不懂，他把書讀好，會有光明璀璨的將來。而我，已是日薄西山，前途無「亮」，讀書做什麼？求知又做什麼？……

道誠吾兄：

久疏問候，諸維起居順遂，闔府迪吉，為慰為頌，茲有懇者，弟原在港經營之紡織工廠，自去秋左仔開始搗亂以後，業務即一落千丈，生意無法維持。經股東會議決定遷臺營業，已向政府申請，並經批准，將於夏間遷來臺北。弟下月初將先來臺買地建廠，吾兄居臺廿餘載，一切情形當甚稔熟。屆時務請以識途老馬姿態，予以指導為感。又弟素仰兄為書法專家，精於翰墨，敝廠遷臺後，並擬聘兄為主任秘書，主持一切書信往來工作；蓋弟等均為老粗，對此均屬外行也。尚望俯念少時同窗之誼，慨然惠允，不勝感荷。耑此，敬頌

潭安

弟曾新衡　頓首

雙手捧著那兩張用毛筆寫的，字跡有點粗劣，內容老套，而又顯得有點過於客氣與陌生的信，章道誠全身都激動得發抖，他的額上冒著冷汗，眼中卻蘊含著熱淚。啊！曾新衡，難得你沒有忘記我。自從離開大陸之後，曾新衡是唯一與他保持聯繫的中學同學。但是，因為一個在臺，一個在港，也只不過是一年半載才通一次信，每年互寄一張賀年片，兩人來往得並不怎麼親熱。真虧他想得到我。啊！「主任秘書」、「書法專家」，他太看得起我了，我有這資格嗎？

「人不如故」，到底還是老朋友有真交情，就憑我在中學時代多次的得到書法比賽冠軍，

憑我這些年來跟他通信的筆跡，他就這樣的看得我起。啊！在這個世界上，到底還有一個看重我才能的人，我章道誠到底還不算一無所長、百無一用吧？章道誠雙手捧著信，讀了一遍又一遍，感激涕零之情，不覺油然而生。他想：承蒙曾新衡他老兄看得起我，我一定會竭我所能，為他效勞，不用說「主任秘書」，就是繕寫員我也要幹的。他記得：在他們這些年來往的書信中，曾新衡就曾經不止一次的表示為章道誠的職位感到委屈。他這樣寫著：「以兄之才，又何至久居人下？請暫時忍耐，鴻鵠當有高飛之一日也。」假使我是鴻鵠，助我高飛的，就是曾新衡了。

章道誠打開案頭的石硯，磨好墨，提起筆就給曾新衡覆信。他一口答應了那份新的工作，並且對他的老同學毫無保留地表露了自己的感激之情。寫好了信，趁著興頭，他換了一管大筆，濡滿了濃濃的墨汁，在一張四開的白報紙上，淋漓盡致的寫下了「伏櫪齋」三個橫排的斗大的字。這三個字，個個珠圓玉潤，神采奕奕，簡直是神來之筆，好久以來，他都沒有這樣的好成績了。他打算把這幅「橫披」貼在自己房間裡的牆壁上，警惕自己不要再消沉下去。我的年紀也許還不算老，不應以伏櫪的老驥自居，但是，千里之志，卻不可以一刻沒有啊！

這時，正好幼松發現父親今晚沒有坐在電視前，感到有點詫異，就走進父親的房間裡來看個究竟。

「爸爸，您這三個字寫得好棒啊！」看見父親又在寫毛筆字，幼松高興得大叫起來。

章道誠只是笑了笑，沒有說話，就把曾新衡的來信和自己的覆信通通交給兒子看。

幼松看完了信，不知怎的，也感動得熱淚盈眶。他摟緊了父親的肩膀，一句話也說不出來。

「明天晚上，我想再從法文讀本第一課從頭讀起。幼松，你有空教我嗎？」做父親的也揑住了兒子的一隻手。

《中華副刊》

驟雨

她急步衝過大雨滂沱下的馬路，像一個士兵衝過密布著地雷的陣地。

這條長長的馬路，只有對面那三間有走廊的屋子，而現在，走廊上全都擠滿避雨的人。她衝進去，只能夠在最前面佔了一丁點的地盤，避過了傾盆的大雨，卻躲不過那飄進來的雨絲；一霎時，她的頭、臉、兩臂和小腿，全都打濕了。

她雙手抱著一疊洋裝書，由於一直用雙臂和身體衛護著它們，所以還沒有被雨水濡濕；但是，此刻對她卻變成了沉重無比的負擔。想拿出手帕來擦擦臉，卻不知把這疊書如何處理。她的身旁停著一部破舊的腳踏車，後面的架架上夾著一個蔴布米袋，上面只有稀稀疏疏的幾滴水漬，看來，車主人是在這場驟雨剛開始就躲進來的。

「喂！你這個地方借我放放書好嗎？」她用慣有的、不太講究禮貌的、不拘束的語氣開了口。

一張年輕的臉轉向她，微微一點首，「你放吧！」聲音冷冷的，沒有半點表情。

她一放手，正要把書擱下去，不小心，卻把所有的書全都掉在布滿汙泥的地上。

「哎喲！糟糕了！」她簡直要哭出來了，一向保持得整整潔潔的書，這一下全部完蛋啦！連忙彎下腰去撿，頭俯在那麼多人的腿部和臭腳上，簡直不是味道，偏偏今天的書又特別多，真氣人！

不知從那裡多出了一雙手在幫忙她撿拾，當四隻手一同把那些已沾滿了汙泥的書撿起來放在車架上的蔴布米袋上時，兩個人一齊直起腰來站好，她發覺：那個幫她忙的人，就是有著一張年輕的臉的車主人。

「謝謝你。」她說；一面心疼地檢查著她那些被沾汙了的書。

那個人又是微微點頭，沒有說話。

好驕傲的傢伙！她不禁偷偷打量了他一眼，上身穿著一件半舊香港衫，下面是一條已經洗得變白了的卡其褲，像是個工人的模樣。對！一定是個工人，大概是個送米的工人吧！他的車子上不是還放著米袋嗎？神氣什麼呢？

她狠狠地瞪了那個人一眼，那個人卻正凝視著馬路上的雨景出神哩！

雨還在不停地傾盆下著，馬路上的積水早已匯成了小小的水潭，汽車過處，激起了一陣一陣汙濁的水花。走廊上的人都皺著眉，露出了不耐煩的表情，雨絲不斷地飄進來，濺濕了每一個躲雨人的頭和臉，雨水混和著汗水，發出了一陣陣不愉快的味道。她不禁微微地蹙起了眉心，在心裡咒詛著：該死的雨啊！為什麼你下得不遲不早，就偏偏選中了我下課的時間呢？

偶一抬頭，她竟發覺那個「傲慢」的「送米工人」，居然拿著一本黑色封面的袖珍本洋文書在看。這本書看來好面熟！她偷偷用眼角瞄過去，一看不由得大吃一驚。喔！是西班牙大文豪Jimenz的《柏拉特羅與我》。那是我的課本嘛？怎會到了他的手裡去的呢？難道是他剛才替我撿的時候渾水摸魚「汙」了去的？奇怪的是，他怎會看得懂英文？想來大概是在看那裡面的插圖吧？好傢伙！孰可忍、孰不可忍？偷書賊，這下我可不能緘默了。

「喂！這本書是我的吧？」她仰著頭，極不客氣地用手指著那個人手中的書。

「什麼？你說什麼？」那個人轉過臉來，冷然地問。

「我說，你在看的這本書是不是我的？」她毫不畏縮地又把剛才的話重複了一遍。

「小姐，我可否提醒你一句話？你有沒有先檢查一下你自己的書是否丟了？」他冷笑了一下，然後一個字一個字很清楚的說著。

她聽了，連忙轉身到他車子後面的車架上去尋找。可不是嗎？她自己那本《柏拉特羅與我》，還不是好好地夾在那些已被泥濘弄汙了的書籍中間？

這一下，她的臉直紅到了耳根後面，老半天，才勉強抬起頭來，結結巴巴地對那個人說：

「對不起！我——」

「想不到我這個工人也會讀英文書是不是？」那個人把她的話接了下去。

「不是的，我只是覺得，這本書不算太普遍，想不到你也愛看。」她很坦白而又難為情地把自己的想法說了出來。

「所以，這次給你一個教訓，在真相沒有弄清楚以前，不要隨便誣賴別人。」那個人仍然用一種冷冷的語調在說，不過，臉色卻霽和得多。

「是的，有的時候我真是太魯莽和太武斷了。」她低著頭，似在喃喃自語，又似在回答他。沒有回答，他是不是還在生氣呢？她惶惑地抬起了頭，卻迎著了一雙友善的眼睛。

「小姐，我猜你是在X大唸外文系，對不對？」那個人不再傲慢了，他自動提出了新的話題，似乎想忘掉剛才的不愉快。

「奇怪！你怎會知道？」她驚喜地問。眼中閃著亮光。

「關於這一點，我可以暫時保守秘密嗎？」他居然微笑了，笑得非常神秘。

「死相！故意賣關子！」毫無自覺地，她把他當作同學一般看待，衝口說出了一句不禮貌而卻親暱的話，說完了以後，又感到後悔，於是連忙改口的說：「對不起！我跟我的同學說慣了。」

「沒有關係！我很高興你把我當作你的同學看待。」他又是微微一笑。她此刻方才注意到他一點也不像個工人；相反地，卻像個文質彬彬的學生。

「喂！你真的是個送米工人嗎？」她迷惑地問。

「誰騙你嘛！有米袋為憑。」他揚起下巴，指向後面的車架。

「那麼，你常常在送米的時候看書？」她抬起頭望著他。

「不見得常常有這麼好的運氣！除非每天都遇到這種陣雨。」

「你的英文一定很棒！」她劈頭劈腦又問。

「何以見得呢？」他一愣。

「因為你能夠欣賞這本好書。」她指一指他仍然拿在手中的《柏拉特羅與我》。

「那麼你一定比我棒得多了，你讀那許多本的英文書，而我只讀這一本小小的。」他依然帶點神秘的微笑著。

「那因為我是學生，非讀不可嘛！」她頓了一下，又說：「告訴我，你為什麼要讀這本書？你喜歡它嗎？」

「當然因為喜歡才讀哪！難道你不是？」

「你讀過幾篇了？你比較喜歡其中的那幾篇呢？」她問。

「我只讀了開頭的幾篇，就幾乎對每一篇都喜愛，像〈白蝴蝶〉、〈月蝕〉、〈寒意〉等，多美！」他的眼裡閃著亮光。

「嗯！奇怪！我的意見和你差不多。」她偏過頭去望著他。「你再說說你對這本書的看法，看看跟我一樣不一樣？」

「你是在考我？」他的一邊眉毛揚了起來。

「不是，我只想知道你的意見。」

「為什麼你不先說自己的？」

「我的意見都受了老師的影響，所以我願意聽聽別人的。」

「好吧！那我就說，說得不正確的話，大學生小姐，請不要見笑啊！」他裝得一本正經的說。

「什麼叫大學生小姐？別笑死人哪！」她掩著嘴笑了，笑夠了，就直催著他說：「快點說嘛！」

「我說，這本書的第一個吸引人的地方是作者跟那頭驢子之間的感情，那真叫人感動。其次就是，它的意境太美了，美得清新出俗。怎麼樣？大學生小姐，我有沒有說錯？」

「奇怪！一點也沒有錯！就跟老師所講的一模一樣。你的意見好高明呀！」她驚叫了起來。

「其實一點也不高明，我還不是拾人牙慧的？」他又是神秘地一笑。

「拾誰的牙慧？哦！我明白了，你是不是認得我們班上的同學？」她自以為很聰明。

「你猜錯了！」他搖搖頭。

「那就足見你的聰明，你自修的成績比我們還好，告訴我，你既然要工作，那裡有時間讀書呢？除了這本書以外，你還讀些什麼？」她很有興趣地望著他。

「利用晚上的時間嘛！我幾乎什麼書都看，也不放過任何一次可以增加知識的機會。」

「你真了不起！」她真心的稱讚他。「我可以問你一句：你為什麼不進學校讀書嗎？」

「我曾經讀到高二上，但是，後來因為我爸爸去世了，我只好把學業放棄，出來做工。」

「啊！真可惜！你的工作辛苦嗎？」她抬頭望著他那張質樸的臉，覺得他跟她任何一個男同學並沒有什麼分別，為什麼他卻是一個工人呢？

「還好。除了送米外，我只是坐在揀米機前面揀米。有時，還可以一面看看小說哩！」他很瀟灑的笑了一笑。

「我說過的，你真是了不起！居然能自修到有了大學外文系的英文程度，使我們這些有學校可進的學生慚愧死了！」

「大學生小姐，我可以請問你，你現在是二年級還是三年級嗎？」他笑嘻嘻地問。

「討厭！老是這樣稱呼我！不過，你也很奇怪，你為什麼不猜我是一年級的新生或者是四年級的老大姐，而偏偏猜我是二三年級的呢？」她歪著頭望著他，愈來愈感到不明白。

「這就是我厲害的地方嘛！」他低頭向著她說：「嗯！告訴我，你是二年級還是三年級？」

「三年級，老囉！」她老氣橫秋地說。

「哦？」他應了一聲，雙眼立刻煥發著光輝，原來我們還是「同班同學」，過去我怎麼就沒有注意到她？今後，我去X大旁聽時，假如遇到她，要不要跟她打招呼呢？

「喂！你還沒有告訴我，你是憑什麼知道我是X大學生的？」她忽然想起了什麼，就急急地大聲嚷了起來。

「哎喲！大學生小姐，原來雨已經停了。」他沒有回答她，只是伸手向馬路上一指。「請你把你的書拿起來吧！我得趕回去了，遲了老闆會罵人的。」

她抬頭一看，可不是？驟雨不知何時已經停歇，淡青色的天空還隱隱透露出一抹斜陽，原來擠在走廊上躲雨的人群也早就散去，只剩下這兩個沉迷在談話中的人。

她把那疊泥汙的書籍從他的車架上捧了起來，不覺因為自己的失態而感到有點難為情。她臉紅紅地說：「奇怪！為什麼我們都沒有發覺雨停了？」「奇怪」這兩個是她的口頭禪，她一天不曉得要說上多少次。

他把那本小小的《柏拉特羅與我》放進後面的褲袋裡，一面把車子推出走廊，一面笑著對她說：「你也該回去了吧？你媽媽恐怕已經在著急了。」

說著，他躍上車子，踏動車輪，微笑著向她揮揮手，就在積水未退的馬路上如飛駛去。

她捧著書，愣愣地站在原來的地方目送著他那漸漸消失的背影，不自覺地升起了一絲惆悵：剛才的遭遇多麼奇幻呀！一個送米的青年，會隨時從口袋中拿出英文的文學名著來閱讀，而且討論起來又頭頭是道，他真是比我那些懶惰的同學們強得多嘛！我們談得多投契！但是，為什麼馬上又要分手？為什麼他不是我的朋友？

啊！夏日的驟雨也許天天會碰到；然而，像這樣可以談得來的朋友卻不是隨時可以遇到的，他是誰？他到底是誰？

《聯合副刊》

寫在沙上的

他老是喜歡到處亂畫。有紙筆在手時就用筆在紙上亂塗著，寫他和她的名字——中文的和英文的；畫一枝箭貫穿兩個心；或者毫無意義地畫圓圈。一面塗滿了又塗另一面，直到一張紙的兩面都塗得密密麻麻，完全沒有空隙為止。沒有紙筆在手的時候，他就用吸管或者筷子蘸飲料在桌子上畫；用鞋尖在地上畫；或者乾脆捉起她的手，用手指在她的掌心中亂畫，弄得她的手心發癢。這個人就是這副德性——好動，渾身是勁，終日嘴巴不停（包括了吃東西和說話），手也不停。

現在，他和她並排俯臥在海灘的白沙上。紅黃相間的遮陽傘像一個忠心的僕人站在他們身後，為他們擋著驕陽。他身上的皮膚是古銅色的，上面沾著一些白色的斑點，那是汗液和海水被陽光曬乾後的痕跡。他全身的肌肉都很發達。這時，他正用強壯的左臂托著頭，右臂伸到前方，不斷地用手指在沙上寫著「我愛你」三個英文字。

她偏著頭望著他的側影，白嫩的小臉微微現出了紅暈，不知道是因為害羞、興奮還是天氣太熱的緣故。他的臉孔並不好看，眼睛太小、鼻子太大、臉又有點扁。不過，當他打扮整齊時還是很英挺的。他有五呎十一吋高，七十一公斤重，肩膀寬、腰背挺，笑起來牙齒雪白。她的同學們都說他很帥。

其實她自己也不見得有多美。她又瘦又矮小，跟他站在一起簡直不成比例。她的面貌並不出色，最吸引人的地方是她的皮膚特別白嫩，從來不需要敷粉。還有一點她勝過他的，她是一家國立大學經濟系的學生，而他不過是一家末流學院夜間部的畢業生。天知道他們為什麼會搞到一塊的？

「屏屏，我們去游泳好不好？」沉默了五分鐘，他前面的沙灘都給他寫滿了。他縱身而起，盤膝坐著，低頭望著她。

「告訴過你，人家不會游嘛！」她的粉臉仍然透著紅暈。

「我教你嘛！你有這麼美好的身段，不站起來讓人家欣賞，老是埋在沙裡多麼可惜！」他瞇著眼睛望著她微微隆起的臀部。

這是他的違心之論，她知道自己的身段一點也不美。不過，能夠聽見有人這樣說了也是很值得安慰的。也許他不喜歡時下的肉彈型而喜歡嬌小的玲瓏的香扇墜呢？

「你去游吧！我在這裡等你。」她溫柔地說。她真的不會游泳，更從來不曾和男孩子在一塊游泳。在男朋友面前穿著游泳衣，這使她感到有點難為情。

「那麼我去游一會兒，我都快熱死了。」他再度縱身而起，露出白牙向她笑了一笑，立刻就邁開兩條長腿，奔向大海。陽光把他古銅色的身影照射得閃閃發光，就像是一具活的銅像。轉瞬間，這具銅像已投身在綠波裡，跟其他的弄潮男女一起載浮載沉。

她翻了個身，換了個側臥的姿勢。他剛才在沙上所寫的無數句「我愛你」，有很多已經被他自己剛才的腳步踏壞了。她下意識地也用手指在沙上學著他那樣寫了無數的「我愛你」，然後，忽然醒悟了，於是又羞得滿臉通紅的急急忙忙把沙上所有的字句都用手撥平。

他愛我，是真的嗎？一對經由第三者撮合的男女真的能夠彼此相愛嗎？即使他愛我，那麼我會愛他嗎？這真是值得考慮的。舅舅就是那麼性急。他說：「屏屏，你已經讀到大三，說小不小了，怎麼還沒有男朋友？舅舅給你介紹一個好不好？」

男孩子常諷刺大學女生說「一年驕，二年傲，三年拉警報，四年沒人要。」她起初聽了很生氣，一看見男生就有火，臉孔總是繃得緊緊的。漸漸的，眼看同班的女孩子大都名花有主，甚至那些原來看不在眼內的男生也紛紛向別的科系發展，心中也不免著急起來。就這樣，她舅舅公司裡的這個年輕的業務專員，就開始和她約會起來。她也不知道自己喜歡不喜歡他，反正覺得他還不討厭就是。管他呢，有個男朋友總比沒有好，省得人家以為我醜得沒有人要。其實，我也並不是沒有人追求過，就是自己當年太驕傲了，老是給人家碰一鼻子的灰，以後，當然就沒有人敢來觸霉頭。

白色的沙灘上，碧綠的海波中，到處都是歡樂的青年男女，愉快的笑聲像許多在滾動著的鐵環，一個追逐著一個。屏屏忽然覺得自己好孤獨好孤獨，彷彿是不屬於這個環境似的。

「屏屏，是你！怎麼一個人在這裡發呆呀？」一陣嬌滴滴的語音，伴著一串銀鈴似的笑聲。她抬頭一看，一個頭髮長長的、曲線玲瓏的、皮膚曬成紅褐色的少女站在自己面前。啊！又是一尊青銅的女像。這尊銅像穿著的是兩截式的鮮紅游泳衣，跟她的他——那尊穿著綠色游泳褲的銅像正好成為強烈的對比。

「王台珍，原來是你！你愈來愈長得漂亮了呀！」屏屏叫了起來，也跳了起來。忽然間遇到一個老同學，她現在不寂寞了。

兩個女孩子對坐在沙灘上，絮絮地談著一些永遠談不完的話。她們是高中時代的同學，分開已經有三年了。王台珍告訴屏屏，她的男朋友已經到美國唸書去了，她現在是跟幾個女同學一起來玩。

「你呢？屏屏，我猜你一定是跟男朋友來玩。你這個林黛玉型的人，我知道你以前是不游水的。現在，穿上了游泳衣，怎麼還是當旱鴨子呢？來，我教你游。」王台珍說著，就要拉屏屏起來。

屏屏有點心動。她想：我是應該學的，學會了就可以跟他一起去游泳而不至被丟在沙灘上了。當她正想站起來時，遠遠就看見他向她們走來。他的黑髮，他古銅色的皮膚，他綠色的游泳褲，全都在淌著水，也全都閃閃發光。好一尊完美的青銅像。

「王台珍，我不去游了。你看，那就是我的男朋友，他回來了。」屏屏有點害羞，又有點興奮地告訴她的老同學。

「他很帥嘛！屏屏，你好會挑啊！」王台珍瞪大著圓圓的眼睛，很感興趣地望著向她們走過來的男人。

「噢！屏屏，你有客人？」走到太陽傘下，他露出雪白的牙齒向她們微笑。被太陽曬得瞇成細縫的雙眼，卻是一直在王台珍的身上巡邏。

「來，我給你們介紹。這位是我的同學王台珍小姐，這位是李恒先生。」屏屏有點羞澀地站了起來。

「小姐，您好！」他很有禮貌地彎了彎腰。

「你好！」王台珍也站了起來，亭亭地，健美得有如一尊青銅鑄成的女像。她轉過頭來對屏屏說：「屏屏，我要找我的同學去了，她們會以為我走失了的。」

「不，不！王小姐，請坐一會兒。我去買幾瓶可口可樂回來請客。」李恒張開雙臂，緊張地不讓王台珍離去。他笑得白牙閃閃，一雙小眼瞇成了兩道縫。

「謝謝你，李先生。我們那邊也有可口可樂。」王台珍斜睨著他，挑起嘴角，露出了一絲輕蔑而帶有嘲弄意味的微笑。然後又轉頭向屏屏說：「屏屏，我們改天再聊吧！現在我真的得回去了。再見！」她瀟灑地向屏屏一揮手，避開了他，立刻就邁開兩條修長的玉腿，赤足踏著柔軟的細沙，急步離去。

張大著嘴巴，痴痴地望著王台珍裸露著的細細腰身以及緊繃在鮮紅色三角游泳褲裡渾圓的臀部，李恒真的變成了一尊銅像。他忘記了屏屏的存在，也忘記了自己是站在大太陽底下。

「怎麼樣？你不是要去買可口可樂嗎？」躲在太陽傘下面還覺得燠熱難當的屏屏，用冷的聲調問。

「哦！是的，是的。我這就去。」李恒猛然醒覺，一張赭色的臉脹得通紅。他尷尬地向屏屏笑了笑，馬上就開步跑。

這個傢伙的老毛病是改不了的。他不但一隻手喜歡到處亂塗，嘴巴永遠不停，而且一雙小眼睛還喜歡到處看女人。跟他認識以來，每當兩個人一起在馬路上走，在電影院裡、在咖啡室中、在宴會上、在任何有女人的場所，他的眼睛就不老實地儘往漂亮的臉孔和健美的身段上溜。她曾經取笑過他；但是，他卻坦然地笑著說：「這有什麼關係嘛？美麗的女人就是一件上帝創作的藝術品。難道欣賞藝術品也不行？」說著，他捏了捏她的下巴。「我的小屏屏，你吃醋了是不是？放心，我雖然喜歡看別的女人。但是你在我的心目中，卻是最美麗的一個呀！」

她全身都酥軟了，天下還有那一句話比這句更使一個女孩子受用的？假使他多說兩遍，她真是願意為他而死。不過，今天的情形又好像有點不同。他看她不認識的女人她還可以忍受；

王台珍是她的同學，他居然也敢作劉楨之平視，那真教她感到受了很大的侮辱。

他抱了一大堆食物回來。可口可樂、鮮牛奶、熱狗、三明治和花生。一坐下來，他就忙著吃和喝。當然，他這副龐大的身軀，經過了游泳的消耗，是需要補充大量燃料的。而她，用一根吸管慢慢喝著可口可樂，只喝了半瓶，就放了下來。

「吃點東西嘛！」他的嘴裡塞了半個熱狗，一面還忙著剝花生。這時，才順手遞給她一份三明治。

「我不餓。」她厭惡地別過頭去。

「你不餓，我可真的餓了。」他沒有注意到她臉上的表情，還是自顧自的在大嚼。

約莫過了十分鐘，他大概是吃夠了，骨碌骨碌的又灌了一瓶可口可樂之後，他終於停止了他的嘴巴運動，把身體往後一仰，躺在沙上，張開兩臂，呼了一口氣說：「啊！好飽！」沒有聽見她回答，他又說：「奇怪！你怎麼什麼東西都不吃？像你這個樣子，真可以當神仙哩！」

「李恒，我想回去了。」說話的時候，她的眼睛是望著大海的。

「等一下嘛！等我休息一下。」他翻了個身，改換成側臥的姿態，用左手撐著頭。「現在是四點二十分，我們等一下坐五點的火車回臺北，吃一頓飯，還可以趕得上七點那場電影。屏屏，你說我們看那一家戲院好？」他右手的食指又開始在沙上亂畫著。他寫電影院的名字，寫他自己和屏屏的名字，寫「我愛你」的英文，又畫一枝箭貫穿兩個心。

她厭惡地望著他這種下意識而無聊的動作，真想走過去用腳把他那些寫在沙上的字跡弄亂，同時大聲叫他少令人噁心。不過，她並沒有這樣做。

一團烏雲從天空飄過，像烈火似的太陽頓時斂跡。海上忽然吹過來一陣強風，吹得太陽傘搖搖欲倒，海灘上的沙子一顆顆的打得人皮膚發痛。

幾分鐘過後，風勢就平息了。她站起身來。拍掉身上的沙粒，說：「我先去換衣服，等會我們在車站會面吧！」

「好的！我馬上就來。」他的左手仍然托著頭，右手在身上平放著。他的聲調含糊不清，看樣子是快要睡著了。

哈哈！好極了！他身邊的沙地平整無痕，剛才他在沙上所寫的無聊文字，已被風刮得乾乾淨淨。

她開心地大踏步走向更衣室。我對他的認識，他對我的愛情（假使那也能算是愛情的話），都如同他那隻無聊的手指寫在沙上的字一樣浮泛，是經不起考驗的。今天，我能及早發現他的真面目，毋寧說是我的幸運啊！

得趕快了，但願在車站沒有碰到他！

初旅

她匆匆忙忙趕上遊覽車，在最後面的兩個空位子中靠窗口的一個坐下。看看錶，九點三十分正，該開車了，導遊小姐卻還站在車門口伸長脖子不知在看什麼。一會兒，導遊小姐走進車裡，背後跟著一個東方面孔的青年人，戴著一副黑框眼鏡，樣子斯斯文文的像個大學生。

車子開動了，青年也走到後面來找座位。在她的旁邊站定。

「我可以坐在你的旁邊嗎？」一口標準的英語，帶著磁性的音色，假使不看他的臉孔，她絕對以為他是西方人。

「當然，這是唯一的空位子。」她覺得他太過多禮，於是稍稍的幽了他一默。

「謝謝你。」他坐了下來。「很抱歉我讓你們久等了，因為我忘了我的票子，又跑回房間去拿。」

「沒有什麼，我也是剛剛才上車的。」

「你也是住在這家旅館裡？」

「是的。」

「你是麼地方來的？」他注視著她的臉。她留著垂肩的長髮，身上穿著一件淺粉色無領無袖的直筒式洋裝。「讓我猜猜看，是香港嗎？我猜你是中國人。」

「你答對了一半，我是從自由中國的臺灣來的。」她有點開心，因為他居然看得出她是中國人。假使他猜她是日本人或韓國人，她就會很生氣了。「那麼，你呢？我也覺得你像個中國人，可是你好像不會說中國話。」

他聳聳肩點點頭，黑黑的眼睛裡露出了憂鬱的表情。「是的，我是中國人，可是我不會說中國話，因為我的父母沒有教我。我是從紐西蘭來的，我的名字叫李大衛。」他伸手和她相握。

「我叫陳淑蓮。」她也自動向他報了姓名。他的直爽與明朗，使她忘記了媽媽吩咐她不可隨便和陌生男人交談。同時，她也有點傷感，多滑稽啊！兩個中國人卻要用英語講話。

臉孔平板，但卻有一雙笑眼的導遊小姐，拿起麥克風，開始向全車的遊客解說沿途的景色：「這裡是國會大廈，這裡是帝國大飯店，這裡是……我們今天遊覽行程的第一站是東京鐵塔……」

「陳小姐，這是你第一次到東京來嗎？」李大衛對導遊小姐連珠砲般的職業性的「演說」似乎不感到興趣。因為他們坐在最後一排，不會吵別人，於是，他又打開了話匣子。

「嗯！你呢？」

「我也是。你是來渡假的嗎？打算停留多久？」

「啊！我今天下午就得離開了，我還要到美國去。」

「我知道了，你要到美國去唸書。」他的黑眼睛突然黯淡起來。「我知道的，我從報紙上知道，在美國的外國學生中，你們臺灣去的人數就佔了第三位。我不明白，你們為什麼那麼喜歡到美國去？難道你們不喜歡留在自己的國家裡？」

這些話豈不是太「交淺言深」了嗎？誰喜歡到美國去？誰不喜歡留在自己的國家裡？你這個連自己的語言都不懂的來自異邦的無根人啊！又怎麼會懂？我們是迫不得已呀！潮流和時勢所趨，不出去一趟，便會有「落伍」的感覺了。她忽然想起了才分別了不過一夜的媽媽，還有爸爸和弟弟妹妹，鼻子一酸，眼眶裡就充滿了淚水。

她別過頭去，望著車窗外的異國街頭，悄悄用手帕把眼角的淚水擦掉。

「你哭了？是不是我說錯了話？」這個人真是明察秋毫。不過，也怪體貼的，他的聲音溫柔得令人心碎。

「我沒有哭。沒有事！沒有事！」她慌亂地回答著。真糟糕！枉讀了四年外文系，一到了緊張的時候，她的英語會話就不靈光了。

「希望我沒有得罪你。」他喃喃地說。

導遊宣布東京鐵塔到了，遊客們魚貫走下車子。她抬頭一看，就只有一個漆成橘紅色的巨型鐵架子高高地矗立著，似乎看不出什麼名堂，心中不免有點失望。

導遊小姐叫所有的遊客集中起來拍照，並且聲明等遊覽完畢，就可以沖洗出來分送給每一個人。她和他站在後排最靠邊的地方。同車還有幾個中國人，像是商人的模樣，也不知道他們是從什麼地方來的，她懶得跟他們搭訕。東京這個地方，還是小心點為妙。

大夥兒乘電梯到了鐵塔的瞭望臺上，這裡離地面只有一百多公尺，位置在鐵塔的中段，所以並不覺得很高。不過，從四面的大玻璃窗外望，視界已經十分廣闊，半個東京都可以收在眼底了。

他們兩個人並排站著，看了一會兒。他忽然問：「我聽說臺灣是一個很可愛的地方。臺北也有東京這麼大嗎？」

她的眼珠一亮，為祖國宣揚文化的機會來了。「是的，臺灣是一個美麗的島，它有溫和的氣候和豐富的物產。臺北沒有東京這麼大，可是，對我而言，它卻比東京可愛得多了。」

「是嗎？我希望我有一天能夠到臺灣去。」他轉過身來看著她，眼鏡後面的黑眼睛閃動著，彷彿她就是他所嚮往的美麗之島。

「歡迎你回到你的祖國去觀光。」她說。

「到時候可以到府上去拜訪嗎？」他眉飛色舞的說。然後，他的臉色突然變得沮喪。「可惜，你就要到美國去了，我到臺北也看不到你。」

「我會回去的，等我學成以後。」

「那麼，我要等你回來以後才去。」他深深地看了她一眼。

遊覽行程的第二站是皇宮的外花園。這時忽然下起雨來，遊覽車上準備著的雨傘不夠，有些人得兩人共用一把。輪到他們兩個時，導遊小姐將一把傘交給他說：「和你的同伴共用一把吧！這樣可以使你們更加親熱些。」說完了，還向她眨眨眼睛。

她有點為導遊小姐的魯莽而生氣；他卻只是無可奈何地向她聳聳肩。

御花園好大好大，簡直是一望無垠。廣大的草坪修剪得比地毯還平整，踏上去腳底舒適無比。園裡空氣十分清新，雨中的草木更是顯得青翠欲滴。假山、魚池、小橋、涼亭的佈局都具見匠心。花園分為幾個部分，有東洋式的也有西洋式的。不知怎的，她就是不大喜歡東洋味道的東西。她想：假使不是為了過境的關係，她才不會來日本遊玩哪！天下事也真難逆料，誰想得到，她在東京不過大半日的停留，竟會結識了身旁這個人，又竟會跟他共傘同他撐著傘，低低地、斜斜地儘偏往她那邊，因為她總是走在他身旁有一點距離的地方。雨愈下愈密，他們有時走過被雨水沖洗得一塵不染的石徑，有時踏過濕潤而軟綿綿的草地。偌大一個花園，除了他們這一群遊客外，竟沒有遇到其他的人。假使只有兩個人在這裡散步，又是什麼樣的情調？她抬頭看了看他，發覺他半邊的身子都被雨打濕了，心中不忍，就自動的向他靠攏一些。

「這樣好得多了！」他說著，換過一隻手撐傘，另外一隻手就輕輕的摟住了她的肩膀。

她微微的顫抖了一下，然後就立刻力持鎮靜。這有什麼關係呢？他是個生長在西方的中國人，當然不會有我們「男女授受不親」的觀念，更何況他這樣做，只是為了不讓我淋濕？也許是雨中在如茵的綠草地上散步的情調太令人陶醉吧？他也很少開口。雨中的天氣有點涼，他的手摟著她裸露的肩膀和上臂，使她感到無限溫暖。一時，她竟然忘記了身在何處。但是，如茵的草地和潔淨的石徑終於走完了。回到遊覽車上，兩人默默相視一笑，不期而然的都脹紅了臉。

下一個節目是參觀茶道表演。遊覽車把他們帶到一個日本式的花園裡，在花園中間一棟小木屋中，大家團團而坐，看一個穿著和服的日本中年婦人為他們煮茶。日本女人用緩慢的動作把茶煮好，慢慢的倒到一個一個的茶碗中，然後再慢慢的分給一人一碗。

茶碗送到她手中時，她看見碗底盛著一灘深綠的冒著白泡的濃汁，根本不像是茶，不由得有點害怕。導遊小姐解釋給大家聽，這是用茶粉煮成的，要分三口喝下去，到了第三口還要稍稍發出一點啜吸的聲音。為了好奇，她勉強喝了一口，發覺那味道既澀且腥，而且有點鹹味，不由得就皺起眉頭。

「味道好嗎？」他在她耳邊悄悄地問。

「你說呢？」她笑著回答。看看他的茶碗，也是原封不動的。

喝完了茶，女主人分給每個人一包日式的小糕餅。於是，每個人都立刻打開了塞幾顆到嘴裡。大家都說，這些糕餅比茶的味道好得多了。

這次遊覽的最後一站是淺草的金龍山寺，一走進去，她立刻就覺得，這多像我們臺北的龍山寺呀！只是規模比龍山寺要大得多就是。寺前是一條長長的弄堂，兩邊對列著一間間小型的店舖，出售各種不同的貨品。弄堂的上面還搭起塑膠篷，不怕雨淋日曬，真是個購物的好地方。遊客團團圍住導遊小姐聽她講述這間寺廟的歷史，她對這些不感到興趣，就對身邊的他說：「導遊小姐說我們在這裡有半小時的逗留。我們不要到寺裡去，就在這裡買點紀念品好嗎？」

「好呀！自從我們認識以後，我就是你忠心的僕人了，當然一切都聽你的吩咐。」他風趣地向她一彎腰，引得她噗哧一笑。

兩個人一間間小店挨著逛。陽傘、檀香扇、皮包、裝飾品、玩具、小擺設、成衣、文具、攝影用品、鞋子……樣樣都引起他們的興趣。雖然她明知自己沒有太多的錢去花，也不能帶太多的行李；但是，還是見獵心喜，如入寶山似的，為她媽媽買了一個別針，為弟弟妹妹們買了幾樣小玩具。他買了一個音樂匣，金色的，上面鑲著一隻瓷質的天鵝，一打開就奏出〈天鵝湖〉中的一段音樂。她問他是送給誰的。他只是笑而不答。

買完了他們兩個人所需要的東西，走出金龍山寺的大門，回到原來停車的地方，卻發現那裡既沒有遊覽車，也沒有同行的遊客。一看錶，原來比預定的時間已經遲了十分鐘。她心中暗暗叫苦，只急直跺腳。他卻只是瀟灑地聳聳肩，笑著說：「有什麼關係呢？我們住在同一家旅館裡，我叫計程車送你回去就是。現在，時間已過了中午，讓我們吃完午餐再回去吧！你喜歡吃什麼菜？中國的、西洋的、還是日本的？」

「我看，我──我還是回旅館去吃吧！」她躊躇著，不知如何是好。跟他一同吃午飯嗎？平白無故接受一個陌生男人的邀請，似乎不大好。要是自己一個人叫計程車回旅館又有點害怕，萬一司機把她載到別的地方去怎麼辦？

「噢！來吧！難道我沒有請你吃一頓飯的光榮？我們已是老朋友了呀！」他大聲的懇求著，天真的臉上，流露出一片誠摯。

他還是個孩子，我為什麼要拒絕一個孩子的請求呢？望著他那雙熱切而誠摯的眼光，她又覺於心不忍。

「那麼，我請客好嗎？我是大姐姐呀！」她向他嫣然一笑。

「不，那有讓小姐付鈔的？何況，我已是個不折不扣的大人，我已經二十三了，我才是大哥哥哩！」她答應了，他高興得眉開眼笑。

「我還以為你只有二十歲哩！」

「不要再為年齡爭執了，小妹妹。我有一個建議，我們就在這裡面嚐嚐日本料理好嗎？來東京兩天了，我還沒有吃過日本食物哩！」他指一指他們剛才逛過的小弄堂。

「好呀！反正幾個鐘頭以後我就要離開東京了，留個紀念也好。」她隨口的說，說完了又覺得有點失言，這多傷害他的心呀！內疚地抬頭一看，果然他澄澈的雙眼已升起了一層濃霧。

「是的，不久以後我們就要分別了。」他黯然地說。

「哪！這一家還算清靜，我們進去好嗎？」她連忙用別的話岔開去。

他們走進了一家門口掛著印著一條魚的半截布帘的日本料理店裡。穿著和服的老闆娘向他們作了個九十度的鞠躬，請他們坐下。他們都不懂日語，老闆娘不會說半句英語，還好她在臺北時吃過一次日本料理，記得一些什麼「天婦羅」、「茶碗蒸」、「關東煮」這些名稱，就在菜單上亂指一通。他連半個漢字也看不懂，只好看著她傻瞪眼，兩個人笑作一團。

老闆娘走開以後，他的笑意馬上就收斂起來。他深深地望著她說：「淑蓮，我以後可以寫信給你嗎？」

「我沒有一定的地址哩！」她訥訥地回答，這正是她一直擔心著的問題。

「我可以寄到你的學校裡去嘛！」他堅持著，像個難纏的小孩。

「大衛，」她第一次叫著他的名字：「我們都是中國人，我希望你能夠尊重我的中國女孩子的教養。我們不能隨便結交陌生的男人，我離家以前媽媽就曾經諄諄的吩咐過我。我知道你是個君子，更是個好孩子；但是，我們只認識了兩三個小時，我對你完全不了解，甚至不知道你的身分——」

她說到這裡，他就立刻接了下去：「太抱歉了，我早該自我介紹的。我去年就從大學裡畢業了，我是學建築的，現在一家建築公司裡當助理工程師，這次來日本是為了去參觀大阪的萬博會。我家裡有爸爸媽媽，一個哥哥和一個妹妹，這樣夠詳細了嗎？」

「我又不是要調查你的身家。」她淡淡一笑：「大衛，也許你誤會我的意思了，我的意思是我們沒有辦法在短短幾小時之內去瞭解對方呀！」

「我對你很瞭解了，淑蓮。你是一個可愛的、溫柔的、美麗的、善良的、聰明的有教養的女孩子。這樣，難道還不夠？」他的一雙手伸過來，想握住她的手，她連忙縮了回去。

「不，你還是誤會了。即使你把世界上所有最好的字眼加在我身上，你還是不認識我。」

她苦笑著搖搖頭。

老闆娘彎著腰送上一大堆精細的瓷盤子瓷碟子，盤子和碟子都不小，但是裡面所盛的食物只有一點點，旁邊都用一種深綠色的香菜和切得很好看的番茄片或紅蘿蔔片裝飾著，看起來非常美麗，吃起來卻沒有什麼味道。怪不得大家都說日本菜是用來看而不是用來吃的。

還好，她胃口很小，他也不是饕餮之輩；更何況，兩個人都是滿懷心事？所以，盤中的食物雖然少，他們還是沒有吃完，而且，也都食而不知其味。

喝了一口濃濃的味噌汁，她偶然望了望自己的腕錶一眼，不覺驚叫了起來：「哎喲！這樣晚了？我得回旅館去收拾行李啦！」

可不是，已經兩點多了，他們這一頓飯吃得好慢！他用充滿了歉意的眼光望著她：「對不起！我希望我沒有躭誤你，我現在就送你回旅館。」

付了帳，在老闆娘的彎腰目送下，他們走出了那家日本料理店。在馬路旁邊等了好一會兒，好不容易才叫到了一部計程車。她急得什麼似的，在車上一句話也不說；他怕她生氣，也不敢開口。到了旅館的大廳裡，他才訕訕的對她說：「很抱歉害你晚了。等一下我送你到飛機場好嗎？有一個人幫忙，辦手續的時候總會方便些。」

想到自己一個人要踏上遙遠的征途，心中便覺害怕，再著到那雙誠摯而充滿了惶恐的眼睛，又怎能拒絕他的一番好意呢？於是，她說：「好吧！謝謝你，我們五點鐘的時候再在這裡碰頭好了。」

他歡忻得眉開眼笑，但是還不放心的問明了她的房間號碼。最後，又補充了一句：「你不用擔心，我絕對不會來打擾你的。」

他陪她一同走進電梯，在六樓兩人分了手。她回到自己的房間裡，坐在床邊痴痴的發了一會呆。然後，想到時間無多了，才咬著嘴唇皮，胡亂的整理著行李，望著牆壁上掛著的一幅雷諾瓦的「瓶花」複製品，忽然覺得日本也有幾分可愛了。她有點希望自己能夠在這裡多玩一兩天，又希望立刻到達美國。一會兒希望到了美國以後不要接到他的信，一會兒又覺得，最好他也和自己同機到美國去。

差五分鐘就是五點了，她房間裡的電話響了起來。拿起話筒，是他的聲音：

「淑蓮，行李收拾好了吧？我叫侍者來替你搬到樓下去好嗎？」

「好的，謝謝你！」

「那麼，我們就在大廳碰面吧！」

「好的。」

「待會兒見。」

多麼會體貼的一個人！我們為什麼不在臺灣認識？不在美國認識？而偏偏在這短促的旅途中同遊半日？啊！上天也太會捉弄人了。

侍者敲門進來搬走了行李，她也乘電梯到了樓下。他早已等在電梯的門外。

「一切都準備好了？」他迎了過來，接過她手中的旅行袋。嘴邊含著微笑，眼神中卻透著憂傷。

「只要去結帳就好了。」她也微笑著，極力裝出輕鬆的表情。

他陪她到脹房去結帳，為她招呼行李，為她招來一部計程車。有了他在旁邊，她覺得這次旅行可真容易，可真方便。可是，當她一想到等一下踏上飛機馬上就是孤單一個人時，便覺得六神無主。

在計程車裡，他將一包一直拿在自己手中的用絲帶包紮著的禮物交給她：「淑蓮，這是我送給你的禮物，希望你喜歡它。」他訥訥地說。

「不，大衛，我不能接受你的禮物，你待我已經太好了。」他望著她的眼神使她心醉，但是她也沒有忘記媽媽的吩咐不要隨便接受別人的贈予。

「啊！我知道，淑蓮，你不願意和我做朋友。」他垂下了頭，臉色立刻變得灰白。

「大衛，不要生氣，我不是這個意思。」她就是怕看他沮喪和失望的神情，只好又像哄小孩似的逗著他：「來讓我打開來看是什麼東西。」

她解開了絲帶，打開了五彩的包裝紙，裡面原來就是那個金色的、鑲著一隻白瓷天鵝的音樂匣。她把匣蓋打開，美妙的〈天鵝湖〉旋律便叮噹地響了起來。

計程車司機從反射鏡中望著他們微笑。

「大衛，你太好了，謝謝你啊！」她喃喃地說著，淚光已閃爍在她的雙眸中。

他的一隻手握緊了她的：「一個音樂匣算不了什麼，只希望你將來記得在遙遠的南太平洋，還有我這一個人就是。」

「我會記得你的，大衛，你是我的好朋友。」她再也忍不住了，用手帕掩住臉、哭出聲音來。

「不要哭，淑蓮。你再哭的話，恐怕連我這個大男人也要哭了。」他輕輕地拍著她的手背，聲音果然已有點梗塞。

他是個大男人嗎？不，在她的眼中，他有時又只像個小男孩。可是，這個在旅途中認識了才半日的小男孩，卻在她的心湖中泛起了多大的波瀾啊！

從東京市區到羽田機場的路是很漫長的，然而，她和他卻覺得路程太短，嫌司機開得太快。走進亂哄哄的機場，他們知道離別的時刻已到了。他陪著她把行李送去過磅，拿出機票來劃了座位，然後就上樓到候機室去。他們緊緊握著手併坐在一起，默默地，不時的對望一眼。到這個時候，說話反而多餘。

忽然間她好像想起了什麼，連忙打開隨身的旅行袋，拿出一個四四方方的小盒子出來。

「大衛，這是臺灣製造的中國宮燈；在臺北時，一個同學趕到機場送給我，我順手就收在這個袋子裡。現在，我要把它送給你，作為我們之間的紀念品，好嗎？」她把盒子打開，裡面是一具金碧輝煌、五彩繽紛的小宮燈！

「淑蓮，它太美麗了！」

「但願你喜歡它。」

「我太喜歡它，我要把它掛在我的房間裡。每當我看到它，我就會想到你這位美麗的來自祖國的娃娃。淑蓮，謝謝你啊！」他用力的握緊了她的手，眼裡流露出感激和愉快的表情，看來真像個孩子。

揚聲機播出了她所搭乘的那班飛機快要起飛，請旅客登機的話。她站了起來，勉強擠出一個微笑，握著他的手說：「大衛，再見了！」

「淑蓮，祝你一路平安！我——我——」他提起她的旅行袋，陪她走到出口。當他說到最後一句話時，已是哽咽得不成聲了。

她接過他手中的旅行袋，別轉了頭，不敢再看他一眼，就跟著其他的旅客走了出去。當她走向那部龐大的噴射客機時，後面看臺上已擠滿了送行的人。她不知道他是否也在內，但是她還是回過頭去，淚眼模糊地向那堆黑壓壓的人胡亂的揮著手。

真是做夢也想不到，在這個陌生的城市中會有人相送。她把整個身子倒在軟軟的座椅裡，把視線投在玻璃窗外，看見臺上的人群黑壓壓的一片，她悽然地望了一眼又一眼，最後，才把模糊的淚眼抽回到自己的手中的音樂匣上。現在，她已經開始希望一到美國的學校就收到他的來信；同時，她也在考慮，在寫信給媽媽的時候，要不要把她認識了大衛這件事也寫進去？

《中央月刊》

古老的甜歌

……

只是黃昏時的一首歌，
微光閃耀，影兒顫動；
雖然我的心已經疲憊，
悲傷歲月，度日如年，
在薄暮中，
仍舊聽得到愛人古老的甜歌。

她有一架小小的風琴，貝多芬牌的，只有四十九個鍵，這是她從家鄉帶出來的，它跟著她已經有二十幾年的歷史。她把這部風琴擺放在客廳的一個角落裡，上面鋪著白線鈎織的罩巾，遮住了它陳舊的外殼。到了黃昏的時候，她把罩巾拿起來，坐在琴前，翻開了一本《一百零一首最好的歌》，就開始彈奏。〈長夜漫漫〉、〈青春的魅力〉、〈眼波勝酒〉、〈薄暮吟〉、〈昨夜〉、〈夏日最後的玫瑰〉、〈愛人古老的甜歌〉……她彈了一首又一首，儘管這架風琴的聲音已有點瘖瘂；但是，當這些美妙的旋律飄浮在黃昏的暮靄中時，她便沉醉在甜蜜的回憶裡。

琴聲帶她穿過時光的走廊，她又變成一個梳著兩根長辮子的高中學生。她坐在香港一座禮拜堂中聆聽著管風琴奏出來的聖樂。她上的是教會學校，但是她對宗教卻無好感，不過，她卻喜愛教堂的建築，喜歡教堂裡面雕刻的神像和彩色的玻璃窗；也喜歡教堂裡肅穆寧靜的氣氛；而最喜歡的還是聽唱詩班唱詩以及管風琴所奏出來、似乎可以上達天庭的聖樂。她幾乎每個星期日都要到她家附近那座有著紅色尖頂的禮拜堂去，當牧師在證道和祈禱的時候，她閉目養神，等到唱詩和奏樂的時候她就聚精會神的去欣賞。

本來，彈奏管風琴的是一個英籍的胖婦人，今天，怎麼換了這個青年呢？那個星期日，她一走進禮拜堂，就發現了這個事實。這個戴著眼鏡、個子瘦瘦長長的青年她見過的。他是誰？對了，他就是每次在會後拿著袋子來收取獻金的人。他也會彈琴嗎？這麼年輕，真看不出！

唱詩了，今天唱的是〈聖哉！聖哉！聖哉！〉想不到他不但會彈，而且彈得很好。琴音是那麼嘹亮、莊嚴而又神聖，她跟著大家站了起來，和著琴聲而唱，即使她並不信教，心中也充滿了虔誠的感覺。

這一次，當牧師在講道的時候她沒有打瞌睡，她只是呆呆地注視著那個坐在琴前的年輕人的側影。

到了奏聖樂的時候，他奏的是韓德爾的〈在天之父〉，更是充分的發揮了管風琴的音色之美，她聽得入迷，差一點掉下了眼淚。

一個穿著樸素的中年婦人代替那個青年拿著袋子來收獻金。她丟了一毛錢進去，順便悄悄的問那個婦人：「今天彈琴的人是誰？」

「他就是佟牧師的少爺嘛！彈得很好，是不是？」中年婦人微笑著說。

啊！原來是牧師的兒子！他們一家，不就是住在我們家的斜對面嗎？怪不得時常聽見美妙的風琴聲，那一定是他在彈奏了。他在那個學校念書呢？為什麼除了在禮拜堂以外我從來沒有看到過他？

也不知道是對那部聲音可以上達天庭的管風琴著迷，還是有著另外一種吸引力，她上禮拜堂上得更加起勁，而且，每次都去得很早，每次都坐在最靠近管風琴的那排座位上。

當然，她認為他是看不到她的，因為，他總是背著會眾坐在琴前。直到有一次，她第一個走進禮拜堂，剛好碰到佟牧師父子正在親自動手整理聖壇上的布置。

「早啊！」佟牧師雖然有著一張嚴肅的臉；但是，他卻是用和藹的笑容歡迎他的教友。

「佟牧師早！」她很尷尬地回報他一個微笑，很後悔自己來得太早。

佟牧師的兒子，那個彈琴的青年也向她點頭微笑，他的笑容跟他父親的很像，可是卻多了一些友善的成份。

「小姐貴姓？我看你每個禮拜都來的。」佟牧師又問。「我叫丁常青。」她有點靦腆的回答。在那個年紀裡，總是怕跟成人講話的，尤其是跟一個面容嚴肅的牧師。

幸虧這時已有別的教友進來，佟牧師便走開去招呼別人，她得救似地趕緊坐在她固定的座位上，想不到，佟牧師的兒子坐到琴前，也轉過身來跟她講話。

「我叫佟宓，牧師就是我的父親。」他先微笑著自我介紹，然後又說：「你每次都坐在這個座位上？」

「你怎麼知道？」她吃了一驚。

「我當然知道。坐得這樣近，怎會不知道呢？你還是個學生吧？在那一家學校念書？」他又笑了一笑。近視眼鏡後面的眼睛笑得彎彎的。

「我在聖光高三。」她說。

「啊！也是教會學校！好巧！我在培仁，也是高三。」他顯得很開心。「你住在那裡？」

「就在你們那條街上嘛！」

「真的？我怎麼從來沒有看見你經過？」

「我也沒有看見過你呀！你一定是天天躲在家裡用功。」她漸漸變得活潑起來。

教友愈來愈多，她的旁邊已有人來坐，不方便再講話，於是，他轉過身去坐好。

這一次，他彈得似乎更用心，管風琴的聲音也似乎更悅耳。可是，她卻意緒紛亂，未能集中心思去欣賞。她不時偷偷地凝視著他的側影以及他那雙白淨而手指細長的雙手。他的手指雖然瘦，但是彈出來的琴聲卻那麼雄渾有力。她覺得：雲端的天使們一定也都彈著金色的豎琴來應和著。

為了不好意思，散會後她急急的跟在眾人後面便走。想不到，才走出教堂的門口，佟宓便追了出來。

「丁小姐，我們一起走！」他氣喘喘地叫著。

她充滿歉意地在臺階下站定，問：「佟牧師呢？你們不是一起回家？」她實在有點怕佟牧師也跟他們一道走。

「我父親還有事，他不會這麼快就回家的。」他望了她一眼，又說：「你每次都是一個人來？你家裡的人呢？」

「我家裡的人都不信教的。我——」她不好意思說自己是為了聽音樂才來的。「我大概是受了學校的影響。你的琴彈得真好！你們家裡時常傳出風琴的聲音，是你在彈嗎？」

「是的，我也只會彈風琴，那是我父親教我的。史密斯太太回國去了，我父親便叫我試著彈。」

「你彈得真好。」她又重複說了一遍。「你將來是不是也要當牧師呢？」

「那倒不一定。我父親是希望我將來讀神學的；不過，我卻想學醫。」他娓娓而談，彷彿他們已經是老朋友。「你呢？」

「我要進中文系。」她說。自從高中以後，她就是個標準的書蟲，在這個世界上，也似乎只有讀書才能給予她樂趣；所以，她早就決心要在故紙堆中鑽研。

「那倒很適合你。」他望著她說。

「為什麼呢？」她吃了一驚。

「因為你的樣子斯斯文文、文文靜靜的，天生就是一副女學究的模樣。」他很認真的說。

聽了他前面那句話，她本來很高興；可是，他說她像個學究，又使她感到不快。像我們那個老處女校長，戴著副深深的近視眼鏡，頭髮剪得短短的，長年穿著一件藍色陰丹士林布旗袍，那才像女學究嘛！我怎麼會像？

她沒有回答。

他又問：「你原來不是住在香港的吧？」

「嗯！我們是抗戰以後才來的。你怎會知道？」

「我看得出來，你不像那些驕氣迫人的香港小姐。」這句話使她消除了剛才的不快。她轉過頭去望著他說：「我猜你也不是土生的香港少爺。」

「為什麼呢？」他揚起了一邊眉毛。

「因為你跟那些洋味十足，自以為了不起的香港少爺不同。」

「謝謝你！這真是對我最好的恭維了。」他笑得眼睛彎彎的。

「那我也要謝謝你對我的恭維了。」她說。

兩個人一齊大笑了起來。雖然他們才認識了不過一個多鐘頭；現在卻已經稔熟得像老朋友一樣。

他們的家距離教堂很近，一會兒就走到了巷口，兩個都怕被人遇到，就不約而同的說一聲：「再見。」擺擺手就分開。

下一個禮拜，她還是依時的去坐在那個座位上。佟宓來了，對她微微一笑，笑容裡帶著點羞澀。

今天，她聽他彈琴聽得特別用心，而今天他的琴音也似乎特別好聽。當他獨奏一曲〈深深的河〉時，她幾乎為那低沉而帶有傷感味道的黑人靈歌流下了眼淚。

散會的時候，她沒有立刻走開，她走近他身邊，輕輕地說：「彈得太好了！我從來沒有聽過這樣美妙的琴音。」

「那裡的話？你太誇獎了！」他還是帶著羞澀的微笑望著她。

「風琴難學嗎？」

「不難，比鋼琴容易多了！」

這時，佟牧師走過來，她向他微微一鞠躬，因為害怕他跟她講話，就向父子兩人說一聲「再見」，轉身跟著其他的人走出教堂。

正如上一次一樣，他追了出來，叫著：「丁小姐。」

「不要叫我小姐，就叫我丁常青好了。」她在路旁站住，臉上露出了驚喜的神色。

「那你也要叫我佟宓。」他更是笑得眼睛彎彎的。「丁常青，你是不是想學風琴？」

「你是不是願意教我？」

「假使你不嫌棄的話？」

「啊！不要客氣了，我簡直是求之不得哩！你在那裡教我？是在你家裡嗎？」她興奮得滿臉通紅。

「我們一面走一面講。」他說。等到他們已離開教堂一段路的時候，他又接著說：「我不願意你到家裡去，在那裡太拘束了？禮拜堂裡也有一部小風琴，是我父親沒事時消遣用的，我看這樣好不好？你每天下了課到禮拜堂來，我負責教你。」

「這樣太好了！佟宓，我真不知道該怎樣來謝你啊！」她快樂得想跳起來。她是獨女，父母都很開明，就算她照實的告訴他們說她每天放了學去跟一個牧師的兒子學風琴，他們也不會反對的。

「你不用，助人為快樂之本呀！」他微笑著說。她想：還好他不是個克紹箕裘的兒子，否則他會乘機向她說教的。

她開始學彈風琴了，先學指法，練音階。黃昏時的禮拜堂靜極了，看門的老李躲在小廚房中忙著弄他自己一個人的晚飯，從來不去打擾他們。他們坐在佟牧師自用的小辦公室裡，彈著，談著，往往忘記了開燈。第一天，她練完了音階，就央他彈琴給她聽。

他從牧師的書桌的抽屜中拿出一本英文的《一百零一首最好的歌》，笑著問她：「喜歡聽這些歌嗎？」

「當然喜歡哪！」她的眼睛在暮色中閃耀著喜悅的光芒。這是她在學校裡上音樂課時的課本，裡面有許多她愛聽的歌，她當然喜歡。

「那麼要聽那一首？」

「〈夏日最後的玫瑰〉好嗎？」她熟練地翻到了那一頁。

「女孩子就是喜歡傷感的歌。」他笑了笑，開始按著琴鍵，踩動踏板，彈了起來。悽美的旋律飄浮在紫色的暮靄裡，聽得她幾乎落下眼淚。

彈完一遍，他抬起頭望著她說：「我再彈一遍，你來唱。」

「我唱得不好。」她很想唱，但是卻不免有點忸怩。

「那有什麼關係？我們一起來唱。」他說著，一面彈一面就低低的唱了起來。他的音色很好，她起初只是聽著，後來，就忍不住也輕輕的唱和起來。

「再來一次，大聲一點。」唱完一遍的時候，他說。

這一次他們合唱得很好，唱完了，兩個人都不自禁地為對方鼓起掌來。

「我們再唱一首快樂一點的好不好？」他問。

「好，你說，唱那一首呢？」

「那就唱〈夏天裡過海洋〉吧！」說完，他就笑了：「怎麼搞的？我們兩個都選中有夏天兩個字的，現在才只是春天呀！」

〈夏天裡過海洋〉的輕快旋律，使得他們的心變得更年輕、更快樂，唱完了不由得一起大笑起來。

接著他們又唱了幾首歌。當他們一起回家的時候，他問：「你這樣晚才回去，不怕你的爸爸媽媽罵？」

「不會罵的，我已告訴他們有人願意免費教我彈琴。」她笑了笑說：「你呢？你會挨罵嗎？」

「你放心好了，我會想出很好的理由來的。」

「你的意思是你要騙你的父親？」

「那是沒辦法的事。你知道那些做牧師的人——」

「老李會告訴他呀！」

「不要緊，我會叫老李替我保密。」

「那真不好意思，都是我害你的。」

「不要這樣講，你知道這是我自願的。」

「我知道。」她低著頭，笨拙地說。她真恨自己無法用言語來向他表示內心的感激。

他們一起度過了無數個歡樂的黃昏。他教她彈風琴，現在她已能彈簡單的曲子了。他們一起唱歌，他們唱《一百零一首》裡面的抒情歌：〈夏日最後的玫瑰〉、〈青春的魅力〉、〈長夜漫漫〉、〈眼波勝酒〉、〈薄暮吟〉、〈昨夜〉，也唱中國的藝術歌曲，以及那些很好聽的抗戰歌曲。有一次，他教她唱《一百零一首》裡面那首〈愛人古老的甜歌〉，才唱第一遍，她就深深的愛上了這首平淡而雋永的歌曲，以後就常常的唱，也常常的彈。

除了在教堂裡碰面以外，他們從來不曾到過別的地方去而在教堂裡面，他們也只是彈琴和唱歌，以及偶爾談談天。他們沒有說過一句愛慕的話，也沒有握過一次手；但是，他們在一起就感到很快樂。

高三下快要畢業考的時候，有一天，她下了課到教堂去，想告訴他這幾天暫時不要學琴，等考完試再繼續。想不到，看門的老李在門口迎著她，遞給她一張條子說：「丁小姐，這是佟少爺叫我交給你的。」

她接過老李給她的條子，就打開來看。在那張白色的條子上，簡單地寫著幾行字：

常青：

我們恐怕不能再見面了。我父親知道了我每天教你彈琴的事，大為不高興。現在，他命令我每天下了課就得回家。而且，他還請調了教區，下個月，我們全家就要到曲江去，所以，我們恐怕不能再見面了，有機會我會寫信給你的。我永遠不會忘記我們在一起唱歌時的快樂，也永遠忘不了你。但願有一天我們能再見。祝你

愉快

宓上

她仔細地讀完了這張條子，愣了一會兒，也沒有向老李探聽詳細的情形，就低著頭急步離去。她沒有哭。這樣的結果是她預料中的，她早就知道會有這樣的一天。一個嚴肅的牧師怎會容許他那還在唸中學的兒子交女朋友（雖然他只是教她彈琴）？何況他又是希望他將來讀神學？不要妄想有更美滿的結局吧！這兩三個月快樂的時光已足夠我一生回味的了。

雖然住在同一條街上，她果然從此沒有再見到他。一則是忙於應付畢業考，一則是不想再

碰到他，她有兩個禮拜沒上教堂去。到了七月中旬，她為了好奇，又去了一次，果然牧師和彈風琴的人都換了。還沒等到散會，她就悄悄退了出去，從此，她不再踏進教堂一步，那上達天庭的管風琴聲對她也不再美妙悅耳。

九月裡，她如願的考上當地一家著名大學的中文系。十二月，太平洋事變發生，香港陷落，她跟著父母輾轉逃到重慶，在山城完成了她的學業。佟宓自始至終沒有寫過信給她，不知道是寄失了還是有別的原因。

在大學裡她沒有再交過別的男朋友。勝利後，她在上海一家女子中學教國文。同事中有一個教公民的，樣子長得跟佟宓有點像，也頗懂音樂，兩個人談得相當投契，不久就結了婚。結了婚以後，她發現他的野心令人可怕，一天到晚就想打倒那位年老的教務主任而奪了他的職位，他之所以跟她結婚，無非是想利用她來擴充自己在學校的勢力罷了。看清了他的真面目以後，她痛悔不已，還好沒有小孩的拖累，她就急流勇退的跟他分了手。

卅八年，她侍奉雙親來到臺灣，在行李中她帶了一部小風琴，那是她用自己第一次賺到的薪水買的，自從買了這部小風琴以後，她似乎把自己全部的感情都灌注在那上面了（這恐怕也是她跟那個公民教員相處得不太融洽的原因之一吧？）每個晚上，她都要彈奏一會兒，她彈《一百零一首》裡面的每一首抒情歌，尤其喜歡彈〈愛人古老的甜歌〉。每當她彈這一首歌時，她的丈夫就取笑她：「你在懷念誰呀？」

「懷念學生時代美好的時光。」她笑笑的說。

來到臺灣以後，她仍然教國文。在教學之餘，她還去學作曲理論。由於彈風琴而激起了她對音樂的狂熱，後來，她通過了音樂教員的檢定考試，就棄「文」就「武」了。

她不像別的音樂教員那樣只是機械地教教課本，一個學期裡教會學生唱幾首歌就算數。她教她們欣賞古典音樂的唱片；在課本以外，還選一些好聽的世界名曲教她們唱；有時，還帶她們去聽音樂會。這一來，凡是她教過的學生都懂得喜歡音樂，她們之中，幾乎沒有一個人願意唱流行歌曲。

她自己偶然也創作一些歌曲，不過，她並沒有拿去發表，只用來教學唱。其中有一首，是根據蘇東坡的詞：〈水調歌頭〉譜曲的，是一首兩部合唱曲。不久以前，她學校裡合唱團的學生參加全省中學音樂比賽，就唱的是她譜的〈水調歌頭〉，結果得了第一名，這對她多少是一股鼓舞的力量。讀中國文學的她，沒有成為作家，想不到卻走上了作曲這條路。她覺得：現在的學生，除了俚俗的流行歌以及那些亂吼亂叫的西洋歌曲以外，可唱的歌實在太少了。她要為他們多譜一些歌曲，也算是為提倡民族音樂盡一點棉力。

五年前，她的雙親都相繼辭世了，剩下她孑然一身，就搬到單身宿舍去居住，陪伴她的，就是那部舊風琴。這些年來，她沒有再交過異性朋友，因為她對婚姻已懷有恐懼之心。她忙於教書，忙於作曲，以校為家，把學生當作是自己的女兒。現在，她已很少想到佟宓。只是，在彈琴的時候，尤其是彈到〈愛人古老的甜歌〉時，三十年前那段美好的辰光，又會湧現眼前，於是，心中就充滿了甜蜜的感覺。

是初夏的一個黃昏。晚飯後，她略略散步了一會兒，便習慣地坐在那部舊風琴面前。偶然，她無意中抬頭望了牆上的月曆一眼，阿拉伯數字旁邊那個農曆日子對她似乎很熟悉。想了一想，啊！今天是我的生日呀！怎麼竟然忘了？往年，母親在世時，老人家在這一天總不忘給她煮一碗她愛喝的蓮子心茶，炒一盤她愛吃的蝦仁意麵。自從，老人家過世後，她一個人也就懶得去慶祝。更何況，碌碌半生，既沒有什麼成就，又有何慶可言，管它生日不生日！她向自己解嘲似地搖搖頭，苦笑了一下，雙手按在琴鍵上，雙足踩動踏板，不自覺的又彈起了〈愛人古老的甜歌〉。初夏的微風從窗外吹進來，夾著淡淡的茉莉花香。凝視著窗外，紫灰色的暮靄，她彷彿又回到三十年前香港那間小小的教堂裡；於是，在不自覺中，她跟著琴音，低低地唱了起來：「……只是黃昏時的一首歌，微光閃耀，影兒顫動；雖然我的心已經疲憊，悲歡歲月，度日如年，在薄暮中，仍舊聽得到愛人古老的甜歌。」

唱完了，她忍不住輕輕的喟嘆起來：三十載光陰如逝水，一眨眼，自己竟然已是望五的人。佟宓如今不知在何處？是在鐵幕裡還是在自由世界裡？有一天，假如在街上重逢，恐怕都已不認得了吧！

「丁老師！丁老師！」有女孩子清脆的聲音在門外叫著。

她站起來開門，十幾個女孩子立刻一擁而入。她們圍繞著她，也不說話，一開口就唱起〈快樂生日〉來。她愣在中間，呆呆地望著那十幾張可愛的臉孔，好不容易等她們唱完了，正想開口說話，又被她們簇擁著，把她按在房間裡唯一的一張沙發上。其中幾個女孩子七手八腳地在她的飯桌上擺開了一盒生日蛋糕、一些糖果和水果；另外幾個，不客氣的打開她的電唱機，就放上一張她們帶來的唱片。

一陣悅耳的琴聲過後，便響起了嘹亮清脆的歌聲：「明月幾時有，把酒問青天……」這不正是她作的曲子而她們唱出來的歌嗎？是不錯！唱得好固然是事實，但是曲譜配得佳妙，該高昂的地方高昂，該柔婉的地方柔婉，絲絲入扣，每一個音符都跟詞意相配合，那才難得呀！

「你們——」她聽完了，竟然情不自禁的流下了眼淚。

「丁老師，我們到教務處查到了您的生日。我們覺得：把您作的這首曲子，由我們唱出來錄成唱片，將是最有意義的禮物了吧！我們因為您這首曲子而僥倖得了第一名，現在，我們把唱片送給您，表示我們對您的謝意和敬意。」作為合唱團團長的一個學生，站在她的面前，恭敬而得體地發表了這段獻辭。

「謝謝你們！謝謝你們！」由於過度的激動和快樂，她只能夠重複地說著這句話。

「請丁老師切生日蛋糕！」一個學生在喊。

她用手帕揩了揩眼角，站起來去切蛋糕。學生們一陣歡呼，立刻就一個人搶去一塊。

這個黃昏過得熱鬧了，女孩子吃喝夠了，就在她房間裡又笑又鬧的，喧聲幾乎把屋頂都掀了起來。這個小小的生日會的餘興還是唱歌，她彈風琴，她們合唱，她們什麼歌都唱，但是，她就沒有彈〈愛人古老的甜歌〉，她覺得這首歌太傷感了，她不想教這些孩子唱。同時，她也決定以後不再彈這首歌，她想：古老的甜歌雖然好聽，還是多譜一些新曲吧！

《聯合副刊》

我不是阿萊西亞

「姊姊要回來了！」她說。

「什麼？你姊姊要回來？」畫筆從他手中掉了下來。他站著發呆了幾秒鐘，然後俯下身去把筆撿起。

「陶岳，你的臉色好難看，是不是什麼地方不舒服？」坐在窗前的小婦人仰起了臉問。

「沒什麼，只是突然頭痛了一下，你別動，讓我把你的臉完成。」他凝視小婦人美麗的臉蛋，又看了看畫布上的人像，塗抹了幾下，終於廢然擲筆。畫中人有一頭濃黑的長髮，但是，怎比得上小婦人如一匹黑色小瀑布般柔軟的頭絲？畫中人有一雙烏黑的大眼睛，但是，怎比得上小婦人那對閃亮靈活的剪水雙瞳？

「不行，寧寧，你太美麗了！我沒有辦法在畫布上把你的神韻表現出來。」他放下畫筆，在一張椅子上坐了下來，雙手抱著頭，一臉痛苦之色。

「那麼我們今天就休息吧！」她乘機離開了窗口，跳躍著走過來，從他身後把他摟住，用臉貼住他的頭頂。「你是不是還頭痛？我們出去看電影好不好？看完電影你的頭就不會痛了。」

他把抱著頭的手放下來，摟住了她的腰。「寧寧，我今天很疲倦，不想出去，你自己出去玩玩吧！我睡一個覺就好了。」

「也好，我也坐得累死了。我回媽媽家裡一趟，看看她還有什麼關於姊姊的消息。你好好地睡，回來我給你帶果汁牛肉乾。」她依然摟著他。

「你說安安要回來，那是媽告訴你的？」他把頭埋在她的胸口。

「嗯！姊姊那懶惰鬼從來不寫信給我，所有的消息都是從媽媽那邊得來的。上一次她有信給媽媽，說她自從離婚以後，心情一直不大好，想回來看看。」

「啊！寧寧，你去吧！我的頭又痛了，得馬上去睡一下。」他閉著眼睛說。

「你怎麼會無緣無故頭痛起來的？我去拿阿士匹靈給你吃好嗎？」她把他摟得更緊。

「不要！不要！你去吧！我睡一會兒就行。」他輕輕地把她的手拿開。「那你要乖乖的在家裡等我啊！」她在他額上吻了一下，又跳躍著走開了。等妻子化好妝出了門以後，他並沒有去睡。他坐在書桌前面，用碳筆在紙上迅速的勾出一幅素描。那是一個長髮大眼的少女，乍看有點像寧寧；但是，寧寧的臉比較圓，而這個少女卻有著一張尖尖的瓜子臉，而且還有著一份寧寧所沒有的飄逸秀雅的氣質。

「安安，你回來做什麼？我們的過去已經死了呀！」他凝視著這幅素描好一會兒，不斷地喃喃自語。

然後，他又轉過身去望著豎立在室中的畫架。畫布上那個完成了十之八九的小婦人，斜靠在窗前的一張沙發上，一雙大眼睛天真無邪地望著他，含情欲語，盈盈欲笑。一件淡綠色的薄衫襯托得肌膚如雪，渾身煥發著青春的光彩。

他一會兒望著手中的素描，一會兒望著畫像緊皺著一雙濃眉。終於，他用雙手抱著頭，仆倒在桌上。該死！該死！我怎會娶了寧寧的？難道真是鬼迷心竅麼？

去年的秋天他有機會參加了一個紐約美術協會主辦的東方青年畫展。這個畫展一共展出了十個亞洲國家青年畫家的作品，陶岳是代表中華民國的畫家。他的作品在展出期間受到很高的評價，天天都有人向他訂畫，這使得他不免有點意態飛揚的，感覺到自己多年的努力沒有白費。

畫展的最後一天，一個中國少女到會場來找他，他感到有點驚訝，因為她似乎不像買畫的人，而他的名氣又還不到有人找他簽名的地步。

當他正在疑惑的時候，少女卻先開口了：「陶哥哥，你不認識我啦？」少女的聲音甜甜的，人也長得十分美麗。

「對不起！你是——」他訥訥地問。

「我是寧寧呀！從前住在你隔壁的王寧寧。」少女的一雙大眼睛，秋波欲流地凝視著他，於是，他感到似曾相識了。

「原來你就是寧寧！你已經長大成為一位大小姐了，又變得這樣美麗。你想，我怎麼認得你嘛？」他驚喜萬分地握住她白嫩柔軟的小手，頓時有他鄉遇故知之感。

「不過，你倒是沒有變。只是——」寧寧含羞的微笑著。

「只是什麼？」他著急地問。

「只是，更英俊瀟灑了。」她的大眼睛望著他，一瞬也不瞬的。

「哈哈哈！你居然吃起我的豆腐來。你都已經長得這麼大了，我還能不老嗎？」他禁不住大笑起來。「寧寧，你什麼時候來紐約的？怎曉得我在這裡？」

「我來一年多了。前幾天在報上就看到畫展的消息，因為功課忙，到今天才能來。陶哥哥，我應該恭喜你，你成名啦！」

「成名還談不上，不過總算已經開始有人知道就是。」他看了看錶。「怎麼樣？你有空嗎？畫展還有半小時就結束了，等一下我請你去吃晚飯，我們好好的談一談。」

「好呀！我們分別快十年了，恐怕談十天都談不完哩！」寧寧很爽快的答應了他的邀請。

利用僅有的半小時，陶岳帶著寧寧去參觀展出的畫，她對別人的畫一點興趣也沒有，對他的卻似乎看得很用心。她指著那幅題名「等待」的畫中的金髮少女歪著頭問：「這個美麗的外國女孩子是誰呀？」

「她是我們學校裡的一個女生，就是因為長得漂亮，大家都找她當模特兒。」他笑了笑。

「陶哥哥，你看我有資格給你當模特兒嗎？以後你也替我畫一幅像好不好？」寧寧仰著臉，向他做出了一種祈求的表情。她的雙手，勾住了他的臂膀。

「當然！當然！」他卻反而有些不安。

離開了畫展的會場，他帶她到附近一家法國餐廳去。坐下來以後，她望了望四周的陳設，吐了吐舌頭說：「這裡好豪華啊！恐怕價錢很貴吧！」

「不要擔心，今天我還請得起。」他說完了以後，立刻默然。她還記得我從前的事，她認為我不配上這種高級的餐館，是嗎？我為什麼要帶她出來？難道我想把已經結了痂的創痕重又揭起，讓它再流一次血？

然而，她又是多麼善體人意，他的眉頭才一合攏，她就看出了他內心的痛楚。「陶哥哥，請不要誤會，我不是這個意思。我只是不想你為我花錢。」她一本正經，誠懇無達地望著他，使得他不禁為自己的多疑而感到慚愧。

這就是當年那個短髮齊耳、頑皮搗蛋的鄰家女孩麼？今天變得多麼成熟呀！他有點吃驚地望著她那雙盈盈欲語的大眼睛，差點脫口叫出了「安安」這兩個字。

侍者為他們送上兩杯葡萄酒。他舉起杯，透過紫紅色的液體，望著她紅豔的雙頰說：「為我們的重逢乾杯！」

她喝了一小口酒，說：「陶哥哥，說你自己吧！我們的陶大嫂呢？」

「哈！連影兒都還沒有哩！誰肯嫁給一個窮畫家嘛？」他縱聲大笑。「還是說你自己吧！你什麼時候來美國的？在那一個學校唸書？」

「我去年秋天來的，上的是一家末流的大學，說出來恐怕你連名字都沒有聽過。不適，我們學家政的，程度不好，也沒辦法選擇。反正能出來一趟就算了，管它學校好壞？」

「那麼，你明年夏天就可以修完碩士了，是不是？你有什麼打算？還要再唸博士嗎？」

「算了，我根本不是博士的材料，碩士能不能唸完還成問題哩！老實說，我並不想來的，都是被爸媽媽逼著我。我知道，他們想我在這裡找個博士丈夫，像——」寧寧說到這裡，突然停頓了下來。「不要老說我自己了，陶哥哥，你是什麼時候到美國來的？我還以為你在法國哩！」

「我在歐洲待了五年，一直想到新大陸來看看。去年，我申請到了一筆獎學金，所以就來了。因為沒有錢，根本就沒有離開過紐約一步。說起來真慚愧！」他那骨節很粗的瘦長的手指在桌布上畫來畫去，顯得有點神經質。

我為什麼要到美國來？難道新大陸的風光和藝術水準真的比歐陸還好？難道五年就能夠把歐洲的藝術精華吸收淨盡？不！別騙自己吧！你是想看到安安啊！安安來美快十年了，她在那裡？她在那裡？寧寧，你為什麼絕口不提你的姊姊？我知道她嫁給了博士。寧寧你這個小鬼，你怎知道我忘不了她？你為什麼不敢提到她啊？

「陶哥哥，我看你這次可以出去走走了。你不是賣了許多畫嗎？那筆錢大概可以夠你旅行一趟了吧？」

「我也這樣想過。可惜，現在天氣已漸漸冷了，冷天旅行，那滋味不太好受吧？」

「我有一個主意。你把錢存起來，等到明年春天才動身，不是很好嗎？」寧寧大叫了起來，彷彿他的旅行，她也有份似的。

是的，他的旅行，她也有份，而且，她變成了他的妻子。那個晚上，離開了那家法國餐館以後，他送她回宿舍去。在擁擠的地下車裡面，他用手臂保護著她，雖然隔著好幾層衣服，他依然可以感覺到她在他懷裡的顫抖。

以後，他們就常常在一起。起初，大多數是她先打電話來約他，後來，他也忍不住去找她了。在聖誕假期中。有一天是他的三十二歲生日。他在他獨居的房間裡做炸醬麵請她吃。她送給他一件又厚又軟的套頭毛衣。他吻了她，她流下了快樂的眼淚。

「陶哥哥，你知道嗎？我已盼望了十年了。現在，我得到了你，我再也不要離開你了。

陶哥哥，讓我們結婚好不好？」她把臉埋在他的胸膛，抽抽咽咽，斷斷續續的說著：「你知道嗎？十年前我已愛上你了。你不要以為一個初中的小女孩不懂得愛情，其實，她純潔的初戀，是比誰都真摯的啊！陶哥哥，你記得嗎？我三天兩天就到你爺爺的雜貨店裡買東西。你不是曾經很奇怪的問我『你家阿珠怎麼不自己來買』嗎？我每次都騙你說阿珠在廚房裡忙著，其實，都是我自告奮勇要替她去買的。你卻是從來不理我，把我當作不懂事的小孩子。好幾次，我都氣得哭了！」

陶岳感動得連連吻著她的眼皮、她的雙頰，也吻乾了她的淚水；但是他沒有吻她的紅唇，因為他要聽她的喃喃低訴。他把許多許多瑣碎的往事湊拼起來，用記憶的繩索貫穿著，竟成為一條亮閃閃的珠串。他想起了那個短髮大眼的小女孩，常常拿著課本來向他請教；有時，又會無緣無故地瞪視著他，久久不說話。有一次，她掉了一張照片在他店裡的櫃台上，他追出去還給她，她嬌笑著「送給你算了」就一溜煙跑走。他卻把照片丟到字紙簍裡。有時，她找他的次數太多了，惹煩了他。他不理她，她卻會提一條毛蟲放在他的領子裡，還向他做鬼臉，罵他「稀奇鬼」。……這一切一切，當年他只把她當做一個不怎麼討人喜歡的野丫頭；如今想起來，這早熟的孩子，原來在她幼稚的靈魂中，愛的嫩芽已經開始萌生了。一個窮學生，何幸而得到姊妹兩人的垂愛啊！

「寧寧，」他的眼睛也溫潤了。「你真的願意嫁給我？不怕你父母的反對？不要忘記了，我依然是個窮畫家啊！」感激之情，加上了這次畫展成功的得意，他忽然生出了一股無比的勇氣。是要報復，想炫耀，還是彌補生命的空虛？他決定要娶寧寧了。他在內心裡獰笑著：你們這對勢利的父母啊！當年你們千方百計的阻撓女兒跟我來往，你們嫌我窮，說學畫的人沒出息。現在看吧！你們的另外一個女兒自動要嫁給我了，看你們有什麼辦法再阻止？

「陶哥哥，我願意，我會做你的好妻子的。我不管你多窮，我說過，我等了這麼多年才得到你，我再也不要離開你了。至於我的父母，我才不管他們的看法如何，我已經到達法定年齡，我有我自由的意志。」

到了春天，他們便開始了他們的蜜月旅行。她說她怕冷，先是南下到邁亞米，然後沿著海岸線往西部，到了洛杉磯便往回走，北部的城市，一個也沒有去過。婚後，她絕口不提及她家裡的人和事，他有點懷疑安安就是住在美國北部，但是他沒法猜到是那一個地方。

不過，知道了她在那裡又怎樣呢？她已經是那位太空博士的夫人，她有了她自己幸福的家，再見一面又有什麼用？何況我自己也有了寧寧了。這個可愛的小婦人，全心全意的愛我，她把我侍奉得像帝王一樣，她使我變成了世界上最快樂的男人。被愛不是比愛人更有福嗎？找為什麼還要去想安安？

這小兩口又回到臺灣了，那是不久以前的事。陶岳應母校之聘，回校執教，他要把自己在國外所學到所看到的，傳授給年輕的一代；他要把自己對藝術的狂熱，激勵起他的學生們致力於繪事的熱忱。他不獨是一個好畫家，還是個好老師哩！

王家老夫婦接受了小女兒嫁給了當年那個雜貨店老闆的孫子的事實。因為他們認為：這個從歐美載譽回來的畫家女婿還挺光彩的。陶岳不是睚眦必報的小人，他原諒了這對老夫婦。雖則他們當年是那麼蔑視他，把貧窮與低身份當作是他的罪惡。趁著他去服役的那一年，便急急的把安安送往國外。

安安那樁他們認為最值得炫耀的婚事大概也是兩老安排的吧？太空博士又怎樣呢？如今不是已經鬧婚變了嗎？想到了這一點，陶岳不禁感到了一絲報復的快感。只是啊！可憐的安安，柔弱的她——怎經得起這個打擊？

「陶岳，你看我姊姊是不是有點老態了？瘦成那個樣子，好憔悴啊！」

「姊姊好可憐！又沒有孩子，這下半世怎麼過呢？」

「姊姊好像有意在臺灣找工作。她雖然在美國唸過兩年書；但是，學文的人，除了教書，又能做什麼呢？」

「陶岳，你怎麼搞的？跟你說了半天話，你一句都不回答。」

「嗯！嗯！我睏得很，都快睡著了！」

安安從舊金山回來（現在，他終於知道了她住在美國的什麼地方了）。離開了岳父母為安安洗塵的宴會以後，陶岳一直都在裝醉，避免說話。事實上，他的確喝了不少悶酒；不過，他的腦筋還是十分清醒的。十年遠別，他怎能忘記乍見那一剎那，安安那雙哀怨的眼神？是的，寧寧說得沒有錯，安安老了（老了？她才三十二歲啊！）瘦了，也憔悴了。她穿一件黑色的絲質旗袍，掛著一串水晶項鍊，脂粉不施，只抹了淡淡的口紅。那副模樣，看來就像是個俏寡婦。她是在哀悼自己失敗的婚姻嗎？還是哀悼自己逝去的青春？當陶岳和寧寧走進客廳時，安安先是帶著激動的表情走過來和妹妹擁抱吻頰，並且拉著手對視了好一會兒。然後，立刻換過平靜的面孔，伸手和陶岳輕輕的握了一下，說了聲：「你好嗎？」那態度、那口氣，好像是在對待頭一次見面的、自己並不感到興趣的妹夫，也像是一個經常可以見到面的老朋友，既不親熱，也不太冷淡。但是，當她眼皮一抬、睫毛一揚之際，他卻清楚地看到她那雙大大的烏黑的眼睛裡所蘊藏著的無限痛楚與哀怨，它們似乎是在對他說：你這個負心的男人，因為妹妹比我年輕，你如今就愛上她了。

不！我要向她解釋：我愛的還是你，我並沒有忘記你。你要知道，在這個世界上是沒有第二個女人能夠代替你的啊！他背著妻子躺著，緊閉雙眼裝睡；內心裡，卻在無聲的吶喊。在宴會上，他沒有跟她說過一句話，也不敢多看她一眼。他只知道她似乎自始到終的含著笑，週旋於父母和親友之間，極力遮掩著內心的感情。他們同坐一桌，可是兩人之間的距離卻有千萬里。

我一定要去見她一面，解釋一下我為什麼要娶寧寧的原因。

「請叫王安安小姐聽電話。」在公共電話亭中，他掛通了岳家的電話，換過一種低沉的聲音說。

安安來接電話了，她帶著驚訝的聲調問他是誰。這個時候還不到九點鐘，她剛醒過來，還沒有梳洗哩！

「安安，不要吃驚。是我，陶岳。你現在有空嗎？我想跟你談談。你出來吃早餐好嗎？」說話的時候，他的聲音也有些發抖。

電話的那頭，半天沒有回答。

「安安，你怎麼啦？」

「你認為我們還有見面的必要嗎？」

「我不會耽誤你很久的，我只要跟你說幾句話。」

電話那邊又是半天不說話。

「我在××樓下等你。安安，你會來吧？」

他把電話掛斷，搭車到××去，叫了一杯咖啡，耐心的等候。他相信她會來的，要不然，昨天怎會用那種眼神看他？

是的，那個有著淒怨眼神的人兒飄然來了。她把長長的頭髮披散著，穿著一件米白色的洋裝，顯得比昨夜年輕了不少。她不再是那個俏寡婦般的寂寞女人，而又像是當年日日跟他一起在淡水河畔散步的那個少女。

見了面，對面坐下。兩人默默的凝親著對方，久久說不出話來。這是夢嗎？我以為我們今生今世都不會再相見了。兩個人心裡都在這樣想。

吩咐侍者要了兩客早餐後，陶岳先開了口：「安安，我這樣冒昧的約你出來，你不生氣吧？」

「生氣？生氣我就不來了。」她淡淡地一笑，笑容中又帶著寂寞和淒楚，使得他怦然心動。

「安安，我對不起你。」他急不及待地，用低沉的聲音說出了這句話。彷彿說出來以後，內心裡的罪惡感就會減輕似的。

「該說對不起的，應該是我吧？不過，現在我們扯平了，誰也沒有對不起誰。是嗎？」她又是淡淡一笑。但是，在他的眼中她的笑容比哭還要悽慘。

「啊！安安，請你不要這樣講，你以為我是在報復嗎？」他急急地為自己辯護著，急得一張臉都脹紅了。然而，當他的話一離嘴以後，他馬上就感到一陣歉疚：誰說我不是為了報復呢？雖然並不是對安安而發，我卻是為了對付她的父母呀！

他不再說話，低著頭，叉了兩口火腿蛋到嘴裡。

「陶岳，你愛寧寧嗎？」安安用小調羹攪拌著咖啡中的糖，問他。

「她是我的妻子，當然我愛她。」他說話的聲調有點不穩定。

「那麼，她愛你嗎？」

「除了爺爺以外，她是這個世界上最愛我的人了。」這一回，他卻是聲調鏗鏘充滿自信。

「是嗎？那我就放心了。陶岳，恭喜你！」安安注視著陶岳，黑黑的大眼睛蒙上了一層薄霧。啜了一口咖啡以後，她忽然又說：「對了，你的爺爺呢？他現在在那裡？」

「爺爺早就過世了，就在我出國的前一年。老實說，假使我爺爺還在的話，我真不會丟下他老人家一個人而遠去的。」

「啊！我聽了真難過，這件事我完全不知道。你爺爺以前還挺疼愛我的。」安安原來就蒼白的臉變得像一張白紙。

「你怎會知道呢？那時你已經去了美國了。」

「可不是？你在金門的時候，你爺爺也鼓勵我出國的。他說，有機會去多學東西就去吧！假使我有辦法，我也會把陶岳送出去的。你爺爺真是一位好人，一點也不偏私。」說到這裡，安安的眼中忽然燃起了怒火。「陶岳，我恨我的父母，他們為什麼要用財勢來衡量一個人的人格？他們為什麼認為一個開雜貨店的小商人會辱沒我們的家聲？如今，他們已一手摧毀了他們女兒一生的幸福還不知道！」

「安安，不要這樣說，你還有美好的將來哩！」看著她那張正激動中的秀麗的臉，他有點不知所措。

「陶岳，不要騙我了，你以為我還會有將來嗎？」她冷笑了一聲。「我能做什麼呢？現在海外回來的學人這麼多，我們這些讀文學的碩士算老幾啊？」

「安安，你怎能這樣自暴自棄？你不要忘記了，你還有我啊！」安安的一手擱在桌子上面。陶岳一著急，就忘情地把它抓住了。

安安沒有動，也沒有說話，大滴大滴淚珠簌簌地從面頰上滾了下來。

他撫摸著那隻纖細的小手。原來光滑得像大理石一樣的，現在，手背上已現出了幾道青筋。看見她哭，他也不覺感到心頭陣陣悽楚。想起了當年那個長髮披肩、神采飄逸的鄰居少女，(我們曾經有過多少好時光啊！) 如今卻被感情折磨得憔悴得像個棄婦，這是誰之過？

「安安，不要哭，你再哭，我也要哭了！」他的另一隻手，從西服上衣的上面口袋中掏出了那條作為裝飾之用，跟領帶一樣，有著歐普圖案的花手帕，遞給安安。

安安順從地用那條手帕把眼淚拭去。她拿著手帕端詳了一會兒，又聞了一聞，說：「這手帕好漂亮，還香噴噴的，是寧寧為你準備的嗎？」

「是啊！她老是喜歡把我打扮成花花公子似的。天曉得，要我穿得這麼整齊，簡直是在受罪！」他苦笑著搖搖頭。

「這是她愛你的表現嘛！陶岳，你的選擇沒有錯。寧寧是個賢妻良母型的女人。」現在的安安，已變得很平靜了。

「雖然如此，不過，她在我的心目中還是比不上你。安安，我娶她，正是為了不能夠忘記你啊！」他緊緊地握住了那隻纖細的小手。

她那雙黑黑的大眼睛閃亮了一下，那裡面有著愛和希望。在這一剎那中，他才真正看到了十年前他曾經熱愛著的少女。他醉了。

他病了，就因為他又沉醉在愛情中。他的病不是生理上的，所以不是藥物所能治療。他的小妻子發現他消瘦得很厲害。他吃得極少，夜夜失眠；經常心不在焉的，而且脾氣又愈來愈暴躁。他老是嚷著學校裡的瑣事太繁，應酬太多，常常不回家吃飯。偶然待在家裡，也只是躲在他的畫室兼書房裡發呆，既不作畫，也不陪他的小妻子聊天。

「陶岳，看你愈來愈瘦，恐怕是工作太累了吧？我陪你去作健康檢查好嗎？可不要累出病來啊！」當他獨自坐在窗前沉思的時候，寧寧走過去，倚在他的身邊，摟住他的肩膀。

「不要！我身體好好的！」他無表情的回答。

「那麼，我們出去旅行一次好嗎？橫貫公路我們還沒有去過哩！」她的粉臉貼住了他多骨的臉頰。

「不，我沒有空。」他還是冷冷的，對她的溫存毫無反應。

「那麼，你把我這幅畫像完成好不好？就只剩下一小部分了，幹嘛一直停下來不畫？人家想快點把它掛在客聽裡好讓同學們欣賞嘛！」她用力搖動他的身體。

「寧寧，你不要像小孩子般的胡鬧，讓我清靜一會兒好不好？難道你不知道，作畫需要靈感？你幹嘛老是迫著我？」他不耐煩地閉上了眼睛。

「好，我不再胡鬧，讓你清靜。我回媽媽家裡去，晚上假使你想吃飯，就來找我們吧！」寧寧帶著無限委屈，悻悻地回娘家去了。

妻子一走，陶岳馬上又打電話給安安。寧寧叫他到岳家跟他們一起吃晚飯；但是他卻利用這段時間和姨姊共訴衷情。在那家清靜的小餐館中，他告訴安安：「我近來脾氣很壞，但是寧寧的性情也變得很彆扭。她有孕了，不知道這是不是正常的現象？」說著，他又有點自覺失言。「當然，這種事我不該問你的，你又沒有經驗。」

老半天，安安都沒有回答，陶岳想：她一定是在生氣了。

「陶岳，我想我們以後還是不要見面了。」過了許久許久，安安才迸出這一句話。她薄薄的嘴唇在顫抖，聲音也在顫抖。天知道她費了多大的勁兒才說得出來。

「為什麼？安安，我們並沒有越軌的行為呀！」陶岳有點愕然。

「你以為我們這樣見面是應該的嗎，那麼，你為什麼要瞞著寧寧呢？」那雙黑黑的大眼又蒙上了一層薄霧。

「我只是怕她誤會罷了！」

「陶岳，我們不要自欺欺人了！我們明知道這樣下去不是辦法，這樣下去終於有一天會出毛病；我們也明知這樣做是違背了自己的良心。明知錯了，為什麼還要像燈蛾那樣向火裡撲呢？」

「可是，你我都知道，愛的本身是沒有罪的。」陶岳忽然感到自己非常軟弱，他又抓住了安安的一隻手，彷彿從她的手上可以得到新生的力量。

「不，陶岳，你忘記了，你已經是個有妻子的男人，你所說的愛，那就是你的妻子的痛苦呀！」她輕輕的把自己的手抽回。「寧寧是無辜的，我們不要傷害她吧！」

「你想她知道不知道我們的事呢？」他無助地問。

「你知道，我們姊妹是非常友愛的，即使現在還是如此。我想她大概多少會知道，因為女人都是很敏感的。不過；她對我還是那麼親熱，起碼，她是裝作不知道。」

是的，她是裝作不知道。我外出，我不回家吃飯，她從來不查問；她常常談到她的姊姊（跟在美國時的絕口不談，作了一次一百八十度的轉變），而且把姊姊稱讚得像是一尊完美的女神（跟安安剛國來時，說安安老了許多的口氣又完全不同）。是的，這轉變太突然了，這不可能出自她的內心，一定是假裝的。可憐的小女人，為什麼要這樣？為什麼要這樣？從安安那雙深得像潭水般的黑眼睛裡，他彷彿看見自己正向一個黑色的深淵裡沉下去。

寧寧的畫像高高地懸掛在客廳壁爐的上面。她的一雙大眼睛盈盈地含笑；小小的櫻唇微啟著，像是一朵初綻的玫瑰；一件淡綠色的薄衫緊緊裡著豐滿的胴體；雪白的肌膚煥發著青春的光輝。

畫像女主人的手中握著一杯雞尾酒，含笑週旋於賓客之間。整個客廳中都洋溢著青春的歡笑，因為這些賓客全都是二十幾歲的青年男女，他們都是寧寧的同學。

今天是寧寧二十四歲的生日，為了給她慶祝，陶岳早在一個星期以前就替把她畫像完成。這些日子，他的心情平靜而愉快，所以畫像進行得很順利，畫出來的成績也十分滿意。現在，它能夠在生日宴會中出盡風頭，受同學們的羨慕與讚賞，寧寧可說是如願以償了。

安安已經在一個月前離開了臺北。她先到歐洲去玩一個時期，再回到美國去。在臺北時，她的母校有意聘她當講師，她考慮再三，終於還是婉拒。不是為了待遇的問題，而是感情的糾紛使她不能在這裡待下去。舊金山她不打算回去，因為那裡也是她的傷心之地。臨走的時候，她請她的父母和妹妹不要為她擔心。她說：世界這麼大，難道就沒有我棲息的地方？也許我再去做老學生，幾年之後，又再度鳥倦知還也說不定。

他獨個兒留在書房裡，又再一次細讀安安寄到學校去給他的信：

「……寧寧的天真無邪與善良，早已使我想到要離開你，假如我們再繼續欺騙她，那我們就簡直是惡魔了。昨天在一本雜誌上偶然讀到一篇莫札特的傳記，不禁惕然而驚。陶岳，我必須立刻就走，一刻也不能停留，否則的話，我們都會墜落在罪惡的淵藪中的。我們之間的情形跟莫札特是多麼相像！莫札特先是戀愛著韋伯家的女兒阿萊西亞，後來又娶了阿萊西亞的妹妹康絲妲采；但不幸的是，婚後他仍然跟阿萊西亞暗通款曲。這樣，他就破壞了兩個家庭的幸福，傷害了另外兩個人的心了。陶岳，我們千萬不能夠這樣，你不是莫札特，我也不是阿萊西亞啊！回到臺灣來原是想治療我婚姻上的創傷，沒想到，又惹起了舊恨新愁。（沒想到？也許是我在欺騙自己吧？）形勢如此，我非走不可。我會照顧自己，請不必為我擔心。好好的去愛護寧寧，她不但是你的妻子（世界上最愛你的女人），也是我親愛的小妹妹啊！祝福你們！」

眼淚一滴一滴的落在信紙上，信紙已經因為拿出來的次數太多而起了皺，淚水一沾上去，就變得字跡模糊不清，一塌胡塗，像一團紙漿。

安安，你走得對，我不是莫札特，你更不是阿萊西亞，否則我們三個人都要毀滅的。只是，太委屈你了，我對你不起啊！他讓淚水痛快的流著，除了爺爺去世的那一次以外，他從來沒有這樣傷心過。哭完了以後，他覺得心裡舒服得多了。他把這封信，還有以前偷偷畫的幾幅安安的素描，點了一根火柴，一下子都燒成了灰燼。

外面那群年輕的客人在鬧、歡笑，他卻一個人靜靜地坐在書房裡，望著窗外的藍天在發呆。馬德里（聽說她現在西班牙）今天的天氣是否也像臺灣這裡一樣的晴明？她一個人在做什麼呢？（雖然我不願意再去想她；但是，誰又能像太上之忘情？）

「陶岳，你一個人躲在這裡做什麼？客人都在找你呢？」寧寧走進書房，倚在他的身旁。

「你們都是年輕人，我怕我這個老頭子會妨礙你們嘛！」他伸手摟住了她開始變粗的腰肢。

「你猜我在這裡想什麼？」

「哼！一定是在想女朋友！」她用食指點住了他的前額。

「我在想我們的孩子是男的還是女的。」

「你希望他是男的還是女的呢？」

「我希望她是個小丫頭，像你一樣，又美麗又可愛又乖巧又善良，是個人間的小天使。」

《人間・副刊》

歸去來兮

宋佩桐穿著一件沒有領子和袖子的直筒洋裝，露出了細細的脖子和瘦瘦的雙臂。半長的頭髮用一條手帕繫在後面；淡綠色的洋裝把她原來蒼白的膚色襯托得帶點臘黃。此刻，她正握著一個塑膠製的噴水壺，在院子裡澆花。院子很小，只有四坪大；但是，沿著圍牆，卻擺滿了二三十盆花卉。玫瑰、菊花、海棠、石榴、九重葛、映山紅……雖然都是一些平凡的花朵，可是在宋佩桐慇懃的灌溉和小心的呵護下，都長得欣欣向榮；小小的庭院中，真是有著四時不謝之花。

不久以前，宋佩桐又從經過門口的花販手中買來兩盆綉球花。這兩棵葉子肥厚的植物，最近都開花了。一盆淺紫色、一盆粉紅色；幾十朵小小的單瓣花結合成為一個圓圓的花球，而一盆花上，又怒放著七八個花球，真是燦爛到了極點。現在，在夕陽的斜照下，燦爛的花球更似鍍上一層金粉。

宋佩桐一面緩緩地澆著水，一面細細地欣賞著每一盆花卉，看到有枯黃的葉子，還要把它拔掉。澆一次水，總要花上半個鐘頭。不過，她並不認為這樣是浪費了她的時間。她覺得這就是她生活的藝術之一。她喜愛悠閒的生活方式，而種花，就是她獲致悠閒的方法。

「佩桐！佩桐！還不趕快換衣服？我們要遲到了。」不知什麼時候，章仰青挾住個大公事包從外面衝了進來。他那張漸漸變圓的臉上冒著油光和汗珠，領帶也扯到一旁去。

「遲到？我們要到那裡去呀？」宋佩桐一手握著噴水壺，細聲細氣、慢條斯理地問。

「哎喲！你這個人是怎麼搞的？我們要上校長家吃飯去呀！校長今天六十大壽，我們連禮物都還沒有買哩！」章仰青一面看手錶，一面急得直跳腳。

「仰青，你才是怎麼搞的？你事先又沒有通知我，我怎會知道嘛？」宋佩桐雖然有點生氣，但是聲音還是細細的。

「我沒有通知你？」章仰青用手拍著沁滿汗珠的前額，叫了起來。「該死！該死！我一定是忘了。不管怎麼樣，你趕快準備吧！我也要洗把臉，換一件襯衫。咱們坐計程車去，還來得及。」

「仰青，我不去好不好，你說我有點不舒服算了。這麼熱的天氣，還要我穿旗袍出去，不是活受罪嗎？」宋佩桐抬頭望著丈夫，怯怯地說。

「不行！不行！別人都是成雙成對的去，你怎可以不去？你平日已經太少到校長公館走動了，今天怎能不出去呢？快點準備吧！咱們十五分鐘之後出發。」章仰青說完了又看看錶，也不等妻子回答，就逕自走向屋裡。

宋佩桐對丈夫是順從慣了的，不，她對誰也都是如此，她天生是個服從者，她不會大聲說話，更不會跟人家爭吵。去吧！有什麼辦法呢？她無可奈何地搖搖頭，提著噴水壺，也走進屋裡。

她從來不化妝，要出門，倒不是太麻煩的事。洗把臉，梳梳頭，薄薄的抹點口紅，換上一件出門的旗袍，便完事。只是，去得多不甘心啊！又得在一群彼此的心靈都距離得老遠的人中間戴上微笑的假面具，說些連自己都不知道是什麼意思的無聊話，還得小心翼翼地怕冷落了誰，或者得罪誰。這個可愛的夏夜，本來是應該悠閒地半躺在院子的藤椅上數星星，聽音樂的。

她挽著皮包站在廚房中，正絮絮地吩咐十七歲的大女兒如何準備姊弟三人的晚餐時，章仰青已穿著整齊，不耐煩地催著她快走。看見她穿著一件淡藍色的旗袍，便說：「人家生日，你為什麼穿得這樣素？」

「我的衣服都是這麼素的呀！你幾時看見過我穿鮮豔的？」宋佩桐說。

「算了，算了，反正也沒有時間換了。走吧！」章仰青急促地說著，汗珠又在他的前額冒了出來。宋佩桐心裡想：他什麼時候開始變得這樣急躁的？她迷惑的望著這個肚子已有點突出的中年男人，奇怪當年那個瘦瘦的、斯斯文文的、害羞的年輕人那裡去了？

在路上，章仰青吩咐計程車司機停下來，他自己下車去買了兩瓶洋酒和一隻火腿。

「這禮物不太重了一些嗎？」望著那兩瓶裝潢漂亮的洋酒，宋佩桐想起自己每個月還得為丈夫有限的薪金而為家用巧作安排，就未免有點心疼；但是，她也只敢輕聲輕氣地這樣試探著問。

「你，你這真是婦人之見！你就知道心疼你的錢。你以為這份禮物很重，你又怎知道別人送些什麼呢？我現在是訓導主任了，我不能讓別人瞧不起我，更不能讓別人說我忘恩負義呀！」章仰青越說越激動，逼得滿頭大汗就拿出一條手帕，沒頭沒腦地胡亂揩著。

「得了！得了！說那麼多話幹嘛？我又沒有反對你買，只不過隨便說說罷了！」宋佩桐別轉了頭去看著路旁幾叢斜暉掩映下紅豔照人的美人蕉，不再說話。

校長公館的客廳裡，早已擠滿了客人。章仰青先走進去，宋佩桐跟在後面。又高又瘦的孟校長看見了他們，便搖晃著他那竹竿似的身體走過來。他的旁邊。是渾身滾圓像皮球般的孟太太。

「孟公，恭喜恭喜！我給您拜壽來啦！」章仰青高聲地說著。他既想拱手，又想跟校長握手；但是，因為他一手提著火腿，一手提著洋酒，兩手的負擔都相當沉重，所以既不能拱也不能握。那副狼狽而滑稽的模樣，使得宋佩桐幾乎笑出聲音。

幸虧孟太太解了他的圍。她跟宋佩桐打過招呼以後，便眉開眼笑地朝著章仰青叫了起來：「啊唷！章主任，您怎麼啦？還帶了恁些禮物來？」說著，就伸手來接了。

「孟太太，這只是我和內人的一點小意思，請您和孟公不要嫌棄。」章仰青壓低了聲音，陪著笑的說。他那副諂媚的樣子，又使得宋佩桐別轉了頭。

這就是我的丈夫嗎？宋佩桐想起十八年前，她陪他去見孟校長，孟校長看過了介紹信和他的履歷片，便答應讓他當代課教員，試教一個學期初一的國文。那時，他嫌這樣的工作不理想，還挺不高興的；除了勉強說了聲「謝謝」以外，連笑容都沒有。當時，她還怪他不懂禮貌。可是，現在怎會變成了這個樣子的？

宋佩桐挑了一個不受人注意的位子坐了下來。一屋子裡的人，她大部分都認得，但是她跟誰都不熟，全都不過是點頭微笑的交情，所以她也不知道去跟誰交際好。眼看別的太太們都那麼熱絡，一個個都在交頭接耳，噥噥唧唧，顯得她好不孤單！大概是因為我沒有在公共宿舍裡住過的關係吧？她們天天在一起，當然熱絡啦！宋佩桐這樣自我安慰著。

「佩桐，來這裡陪孟太太坐呀！」章仰青在叫著她。客廳當中那張長沙發上，中間坐著胖嘟嘟的孟太太，右邊坐的是高頭大馬，伍教務主任的太太，左邊是又瘦又小的王總務主任的太太。孟校長坐在右邊橫頭的一張沙發上，孟校長的對面是教務主任。沒看到總務王主任，大概是忙著張羅校長公館的總務去了。章仰青坐在教務伍主任旁邊一張小圓凳上，那副謙恭的神態，就活像是伍主任的聽差。

叫我坐到那裡去呀？瞧，你自己都沒有地方坐哩！宋佩桐在心中嘟囔著，一百個不情願的走了過去。

章仰青站起來說：「佩桐，你坐在這裡。」

我坐在這裡？我幹嘛跟伍主任這樣親熱？

「章太太！這裡坐！這裡坐！」伍主任也站了起來。他即使再傲慢，也總不能自己大剌剌地坐著，讓一位太太站著呀！

「對呀！章太太，來這裡坐呀！」身為女主人的孟太太也笑瞇瞇的招呼著。

於是，伍主任乘機走開，去找別的男士聊天去。孟校長也借題離開了這個巨頭太太們的集團。宋佩桐坐了下來，章仰青本來也應該走開的；可是，他有一個毛病，喜歡陪太太們閒話家常，而沒有興趣和男士們談國家大事、談女人、談運動、談打牌。宋佩桐心裡暗暗嫌他不夠男子氣；不過，她又自己替他辯護：他以前不是這個樣子的，大概一個人年紀大了，就變得婆婆媽媽了。

現在的局勢是：三位巨頭太太坐在中間，章仰青夫妻倆對坐在兩方橫頭的沙發上。坐在宋佩桐旁邊的伍太太，把宋佩桐從頭到腳打量了一下，皮笑肉不笑地說：「章太太是大忙人，今天真是難得啊！」

宋佩桐被說得怪不好意思的，正不知道怎樣回答才是，章仰青卻搶著替她說：「她忙倒不忙，只是，她的性情太內向了，不會交際，不會說話，所以很少出來。以後，幾位太太還得多多指教她啊！」

「那裡話啊？章太太是標準的賢妻良母，我們該向她看齊才對哩！」王太太說話的時候，撮起尖尖的小嘴，眼睛似笑非笑的，盡往對方的臉上瞟。

「王太太，請不要這樣說，我什麼也不懂，我才是該向你們幾位學習哩！」宋佩桐被她看得渾身不自在。雖然房間裡裝著冷氣，她還是感到一陣燥熱通過全身。

平常太太們在一起，總是彼此稱讚對方的髮型和服裝，打聽對方衣料的價錢，手中的皮包是那裡買的哪等等。但是，宋佩桐的打扮既不時髦，平常又不跟她們在一起打牌和閒嚼舌。大家話不投機，所以王太太才說出那句不著邊際、不關痛癢的話來。

也不知道是想替宋佩桐解圍呢，還是想打聽一下宋佩桐私底下的生活。胖嘟嘟的孟太太彎起她的小眼睛笑著問了：「章太太平日在家裡都忙些什麼呢？」她們知道她沒有在外面工作的。

「沒做什麼！還不是洗衣、燒飯、管教小孩。」宋佩桐淡淡地一笑。

「她呀！還忙著讀書、寫字，還有種花。」萬綠叢中一點紅、專門伺候太太的章仰青卻搶著加上一句。

「真的嗎？章太太你太用功了，是不是想做女才子呀？」三位太太幾乎是異口同聲地叫了起來。三雙銳利的目光像探照燈似的在宋佩桐身上掃射著。

「沒有呀！你們不要聽他胡扯。我只不過偶然看看一些消閒的小說或者雜誌而已，那算什麼讀書呀？」宋佩桐一面急急地應付著那三位太太的盤問，一面偷偷向她的丈夫使眼色，暗示他不要再講下去。這時的她，真是恨不得鑽到地洞裡去。

「章太太愛看小說？那太好了。我也很愛看。你有沒有玲玲的小說呀？什麼時候我到你家裡來借。這位女作家真了不起！年紀那麼輕，卻寫得那麼多那麼好！」本來一直是皮笑肉不笑的伍太太忽然堆起了一臉甜笑，她那一隻又肥又厚的大手竟蓋在宋佩桐的手背上。

「伍太太，」那隻大手汗黏黏的，使她很不好受，宋佩桐直想把手縮回來。「對不起得很，」她囁嚅的說。「我沒有玲玲的小說。」

汗黏黏的大手縮了回去。

「那你都看的什麼書呢？」說完了，鼻孔裡帶著「哼」的一聲。

「她看的都是老古董——線裝書，你們不愛看的？」章仰青知道是自己闖的禍，只得連忙出來解圍。

「不是我們不愛看，是我們看不懂。」王太太尖著嘴，拖長著聲音，冷冷的插進來一句。

章仰青不敢再說話。宋佩桐的一張臉都氣白了。是的，她的確是把那些唐人小說、宋詞、元曲、明人札記以及幾本清末民初的小說當作是消閒讀物的。她父親從前是在大學裡教中國文學，她的母親是個詩書畫俱佳的才女，從小在家教的薰陶下，宋佩桐雖然因為共匪作亂而沒能完成她的大學教育，但是她的國學根柢很好，也養成了讀古書的習慣。多年來，她規定自己每天必須讀書二小時、練字一小時，不管家務多麼忙碌，從不間斷。然而，她能講出來嗎？人家會以為她是在炫耀呀！

我不該來的。我天生是個只屬於廚房、育兒室、書房和花圃的女人。七十年代的交際場所是沒有我立足的餘地的。這能怪誰呢？只能怪章仰青為什麼會變得這樣功利主義罷了！

功利主義者的交際手腕也技窮了，他嘿嘿地笑著，像是在陪罪，又像是在解嘲。他那滿是油光的前額上，布滿了發光的汗珠。

六雙探射燈似的眼光，又集中宋佩桐的身上，使得她那件淡藍色的旗袍黯然失色，也使得室中一隅充滿了低氣壓。幸虧這時做主人的孟校長宣布請大家入席，宋佩桐才暫時得救。

她又被安排坐在伍太太的隔壁。瘦小的她，被高頭大馬般的伍太太一擋，目標就更加不顯著。她本來希望能夠藉此「韜光養晦」一番的；可是，坐在她另一邊的章仰青卻又不放過她，一會兒叫她向校長夫婦敬酒，一會兒又叫她向某某主任夫婦敬酒，使得她暈頭轉向，不得一刻安寧。他禮貌周到，對同席一個看來不到二十歲的小姑娘也站起來舉杯。他謙虛得過份，只知道替別人夾菜，往往輪到他自己吃的時候，盤底已經朝天。別人只向孟校長敬一次酒。而他卻敬了三四次，而且每一次都要說一遍：「祝你福如東海，壽比南山。」

宋佩桐吃驚地望著她的丈夫。這個就是她曾經深深愛過，而且共同生活了將近二十年的男人嗎？當年，她愛的是他堅毅的性格，以及瀟灑隨和的態度。什麼時候他變成這樣卑躬屈膝、一副跟班面孔的？

也許是大家忙於吃喝，也許是因為伍太太身軀擋住了她的目標。在席上，沒有人再來「打攪」宋佩桐。雖則如此，在這間悶熱的（人一多，空氣調節機已不管用）、亂哄哄的客廳裡，她還是渾身不自在。不錯，我是不屬於這裡的。我只適宜一天三頓在廚房裡做家常飯菜；在書房裡讀線裝書。我天生就不是交際場中的人物。怪只怪章仰青，好好的國文教員不幹，卻用鑽營的手段謀得了訓導主任的職位。為了名利，他甘願去幹那些逢迎的勾當。只是，可別連累了我啊！當然，一切的轉變，跟社會的風氣也有關係。她記得十幾年前，她用手帕紮著頭髮，穿著家裡的舊洋裝上菜場，可以全無愧色；如今，可沒有這份瀟灑勁兒。當年，除了偶然一些本省同事請吃拜拜酒以外，他們難得有一次應酬；如今，紅白帖子滿天飛，迎新送舊、生兒子、謝師、出國……動不動就招宴。她雖然極少參加，章仰青可是一星期總有兩三天不在家吃晚飯。

社會在變，人也在變，這也許就是所謂進步吧？然而，我為什麼偏偏要懷念過去的日子呢？宋佩桐忽然聞到了小時候她母親房間裡的檀香，看到她父親書桌上一隻作為鎮紙用的玉獅子。於是，她幽幽嘆了一口氣，覺得自己已經落伍。

吃完了最後一道甜點，有一些客人開始告退。宋佩桐希望早點回家去，章仰青卻認為吃完飯便走太沒有禮貌，示意她多留一會兒。十分鐘後，客人走得差不多了，宋佩桐開口向主人告辭，結果，只為了孟太太隨隨便便的一句話：「多坐一會兒嘛！章太太難得來。」章仰青又拖著她坐了半個鐘頭。利用這段時間，絮絮地跟孟校長談了很多公事上的問題，而宋佩桐卻坐了半小時冷板凳。因為孟太太和唯一留下來的伍主任夫婦都在全神貫注的欣賞電視上的歌星演唱，沒有人有空去跟她搭訕。

好不容易走出了那間雖然裝有冷氣卻依然悶熱不堪的客聽，涼涼的夜風吹到臉上，她感覺到比喝下一瓶冰凍的果汁還要舒服。夏夜的星星在向她眨眼，想起一個可愛的夜晚竟然報銷在酒席之間，她不由得就嘆了口氣，並且加緊了腳步。「你走這麼快幹嘛？剛才出來的時候你不急，現在急什麼？」大概是喝了酒的關係，章仰青的腳步似乎有點不穩。

「為什麼不急？我要回家去嘛！」宋佩桐忿忿地說。說著，立刻又改用柔和的口氣說：「仰青，你好像有點醉了，我們還是坐計程車回去吧！」

「不必了，不必了，能省則省，公共汽車站都快到了，還坐什麼計程？再說，我並沒有醉嘛！」章仰青說著，一隻手就搭上了宋佩桐的肩膀，一陣酒臭，薰得她幾乎作嘔。

她撥開了他的手，走開幾步，剛好一部空的計程車駛過來，她就截住了它。

她把他推進車裡。他開始在哼哼啊啊的唱起半調子的平劇來。她厭惡地皺著眉，卻想起了陶潛的〈歸去來兮〉。「歸去來兮，田園將蕪胡不歸？勿以心為形役，奚惆悵而獨悲？……」我以後再也不跟他去參加那些討厭的應酬了，讓人們以為我是個見不得人的土包子，讓人們說我架子大吧！管它呢，讓他們去說閒話好了，我還是我啊！對，勿以心為形役，我既然不想去參加那些應酬，又何必委屈勉強自己？人應該做自己心靈的主宰呀！歸去來兮，我再多參加幾次這種應酬，恐怕院子裡的花卉也要枯萎了啊！

《自由談》

我友杜苓

花園的門口豎立著一道玫瑰花的拱門，花園中的綠樹上裝飾著五彩的小燈泡和彩帶。草坪上擺著兩張鋪著雪白桌巾的長桌和一些白色的鐵椅、小茶几。一張長桌上面擺放著點心和飲料；另外一張卻是陳列著琳瑯滿目的禮品。從玫瑰拱門到屋前的石階下，鋪著一條鮮紅的地毯，地毯兩旁，排列著兩行花籃，花籃裡的花，跟園中的花朵在一起爭豔。

現在，屋子裡和花園裡已經聚集了不少客人，客廳中的一座落地電唱機也開始播出輕柔而歡樂的音樂。〈愛之夢〉、〈愛的喜悅〉、〈天鵝湖〉……還有莫札特的〈單簧管五重奏〉。悅耳的音符飄浮在花團錦簇的花園裡，到處是愉快的面孔和低低的笑語聲。啊！如此美妙的境界。這是夢裡的皇宮嗎？

園門外響起了汽車的喇叭聲。於是，音樂也立刻變了：孟德爾松《仲夏夜之夢》中的〈結婚進行曲〉開始奏了起來，華麗、歡樂、雄壯而堂皇。新娘子披著短短的頭紗，穿著式樣簡單而別緻的白禮服，左手捧著一束百合花，右手挽著新郎，隨著音樂的節拍，緩步踏著紅色的地毯，走向屋裡。

在來賓熱烈的掌聲中，年輕的一輩紛紛向新人丟彩紙。

我聽見有人在低聲的說：「你看，新郎新娘臉上的表情多愉快！他們的耐心和毅力真叫人佩服，其實，他們在十年前就應該結婚的了！」

「你雖然說得對，可是，經過了這十年的折磨，今天的婚禮才更加難能可貴呀！」

我又聽見另外一個女孩子在嘖嘖的稱讚著：「我從來不曾見過這樣美麗的婚禮，它像是一首詩，也像是一幅圖畫。」

「當然哪！新娘子是一位美術設計家，她還能夠不替自己的婚禮設計得最出色嗎？聽說她那件新娘裝也是自己設計的呀！」

「新郎真有福氣，娶到這位有才幹而又美麗的新娘子。」這又是一位中年太太在說。

「有福氣的還是趙媽，你看，她笑得嘴巴都合不攏了。」

這時，新郎和新娘已走到屋子裡面。客廳當中高高的掛著一個金色的大囍字，兩枝兒臂般粗的大紅喜燭跳躍著紅色的火燄，地板上鋪著大紅地毯。客廳裡的俗和花園中的雅正好是兩個強烈的對比，不過，也全都喜氣洋洋。囍字下面，端坐著三個人：這屋子的主人杜先生和杜太太，另外一個人就是趙媽。趙媽梳著時髦的髮髻，穿著一件紫紅色的絲絨旗袍，白白胖胖的臉上盛滿了快慰，開心而滿足的笑意。

然後，最動人的一刻來到了。一對新人走到三位主婚人的面前。這裡沒有普通婚禮中的司儀，也沒有傳統的儀式，因為新人已到法院公證過，這些繁文縟節也就免了。新娘子杜苓，彎下身去，親熱地和她雙親分別擁抱親頰，新郎趙正庭也擁抱了他的母親趙媽。接著，是杜苓去擁抱她的婆婆，還親熱地喊了一聲：「媽。」趙正庭卻是站在杜先生夫婦面前，端端正正地向他們鞠了一躬。

「怎麼？你不親親我們？」還是杜老懂得風趣，他微笑的向他的女婿說。

「是的，爸爸。」於是，趙正庭就臉紅紅地、覥覥靦靦地彎下腰去，在他的岳父岳母的面頰上親了一下。

在親友們熱烈的掌聲中，我的眼眶裡卻是一陣陣的濕潤起來。杜苓和趙正庭的結合曾經過多少辛酸呀！他們曾經走了一段很坎坷的道路的。

不知道誰在喊：「新郎新娘來切蛋糕呀！我們肚子餓了。」

於是大夥兒簇擁著新郎新娘到花園去。輕快的〈結婚進行曲〉，不，整首的《仲夏夜之夢》又響了起來。

趙正庭和杜苓雙雙站在蛋糕的後面，杜苓用戴著白紗手套的纖手舉起銀色的餐刀，趙正庭扶著她的玉腕，杜苓輕輕切了一下，立刻有人接過餐刀，替她切蛋糕，分給來賓。

趁著這個空隙，我擠了過去，握著杜苓的手說：「杜苓，恭喜你。這真是一次成功的婚禮，你更是美麗得像仙子一樣啊！」接著我又轉向趙正庭：「正庭，也恭喜你，你今天應該是全世界最幸福最快樂的新郎了。」

「謝謝你，丁倚楓。」杜苓和趙正庭一人握住了我的一隻手，幾乎是異口同聲的說：「我們得到了這份遲來的幸福，你實在幫了我們很大的忙啊！」

「我那裡說得上幫忙，這是你們用堅貞的愛情培養出來的果實呀！」

一大群來賓高擎著酒杯來祝賀他們，看來，我是無法一直獨佔著這對新人的了。我悄悄的退出人叢，拿了一杯果汁，坐到一個沒有人的角落裡。在這個大喜的日子裡，我要好好的回味一下杜苓和趙正庭的羅曼史；不，不如說我要好好的回味一下我和杜苓的友情吧！

真是很遙遠的日子，算起來已是二十二年前的往事。那年，我們全家剛從大陸來到臺灣，我也剛好進入小學一年級。杜苓和趙正庭都是我同班的同學，入學第一天，我就注意到杜苓，除了因為她長得特別可愛以外，最主要的原因是她和趙正庭坐在一起。在老師還沒有編定座位以前，我們女生都是跟女生坐在一起的。

那天我好可憐，一個人孤伶伶的誰都不認識，想跟鄰座的小女孩說話，但是她又聽不懂國語。還好，老師一來就給我們編座位，而剛好又把杜苓和我編在一起，我最高興的是杜苓也說國語。起初，杜苓不肯和趙正庭分開，她說：「他是我的哥哥，我們要坐在一起。」老師告訴她，女生和男生要分開坐的，你既然一定要跟他在一起，我就把他的座位排在你的過道旁邊就是。

我記得：那一節沒有上課，老師只是點著名來認識我們。當她叫到趙正庭的名字時，就很詫異的問杜苓：「你說他是你的哥哥，怎麼他姓趙而你姓杜呢？」

「哥哥就是哥哥嘛！他住在我家裡，他比我大兩個月。」杜苓睜著圓圓的大眼睛，嘟著小嘴，樣子可愛得像個洋娃娃，引得老師也忍不住噗哧的笑了起來。

「那麼，趙正庭，你說吧！你是不是她的親戚？是她的表哥嗎？」老師又問。

「不是的，老師。她是吃我媽媽的奶長大的。」那個也有一雙圓溜溜的大眼睛的小男孩，傻呼呼地說著，又是引得鬨堂大笑。

「那麼，你媽媽是她的什麼人呢？」老師忍著笑說。

「我不知道。」趙正庭伸伸舌頭，做了一個鬼臉。趙正庭是不是杜苓的哥哥或表哥，我才懶得去管哪！由於坐在同一位子上的關係，我跟杜苓第一天就結成了好朋友，連帶的跟趙正庭也很要好。但是，我從來沒有問過他們的關係，小孩子對這種事情是沒有興趣的。杜苓是個活潑好動的小孩，稍稍有點任性，不過，還好，她從來沒有欺負過別人。趙正庭卻是很老實，老實得有點傻，但是卻傻得很可愛。他雖然傻，功課卻很好，第一次月考便考了個第一名，我第二，杜苓第三。由於這種連繫，這使得我們三個人更加親熱了。

學期過了一半，班上便有人謠傳著趙正庭是杜家的佣人的兒子。有人說杜苓是坐私家三輪車上學的，而趙正庭卻是走路上學。有人說：你看杜苓穿的衣服多漂亮，為什麼趙正庭的鞋子卻是破的呢？又有人說杜苓帶的飯盒裡面都是又鷄又鴨的，而且還天天有水果，趙正庭的飯盒裡卻只有鹹魚和青菜。

大家這樣傳著傳著，有一天讓杜苓聽見了，第二天早上，我在學校門口碰到她跟趙正庭手牽手的走著來上學，而她的眼睛還哭得紅紅的。

我問她為什麼哭。

「我媽媽打我。」杜苓抽噎著說。

「你媽媽為什麼要打你呢？」我問。

「因為她不肯坐三輪車上學，她要跟我一起走路。」趙正庭搶著回答。

「丁倚楓，你說氣人不氣人？我媽媽為什麼要欺負趙正庭呢？為什麼只准我坐三輪車而不准他坐？我說你不准趙正庭坐，我也不坐，於是我媽就打我了。她說，他是奶媽的兒子呀！你願意別人看見你跟奶媽的兒子坐在一部車上，不怕丟臉嗎？丁倚楓，我真不明白，跟奶媽的兒子在一起，為什麼就丟臉呢？我喜歡趙媽，也喜歡趙正庭，我偏不要聽媽媽的話。」杜苓現在不哭了，小嘴嘟得高高的，圓圓的腮幫子也鼓了起來。

「杜苓，對不起，是我害你被媽媽打妳。」趙正庭傻呼呼地輕輕扯了杜苓的袖子一下。

「這不關你的事，是我自己願意這樣做的。」杜苓拉著趙正庭的手。「丁倚楓，你說嘛！我媽媽對不對？」

「我不知道。我也不明白你媽媽為什麼不准你跟趙正庭一起坐三輪車來上學。他是個好孩子嘛！」我說。真的，在那個年紀裡，我們又怎會明白大人的心理呢？

這個疑團，一直到我們讀到五年級，才慢慢的解開。那個時候，我和杜苓已不跟趙正庭同班，因為我們所讀的那家小學，到了中年級就要分開男女班。儘管趙正庭已不和我們同班，但是我們跟他還是好朋友。現在，我漸漸覺得杜苓媽媽的作為是不對的了，趙正庭是個好孩子，她不應該因為他是下人的兒子而加以歧視。

這幾年，杜苓常常邀我到她家裡去玩。她爸爸是位大企業家，他們的公館十分豪華。杜家人口簡單，除了佣人不算，一共只有三口人，但是，那兩層樓的洋房，卻有著二十幾個房間。洋房外面是一座花園，有草坪，有花圃，有假山，有魚池。杜伯伯很少在家，杜伯母對待我倒是挺慈祥親切的。她是個很美麗的女人，經常都打扮得漂漂亮亮的，看起來很舒服。有時，我想：假使她不歧視趙正庭的話，她就是個很可愛的媽媽了。

我每次到杜苓家裡去玩，除了杜伯母會慇懃的招待我以外，趙媽似乎也總是要搶著來討好我。「討好」這兩個字也許用得不妥當，向我表示好感倒是真的。趙媽喜歡杜苓，當然也就連帶喜歡杜苓的朋友哪！對不對？因此，我每次到杜家就變成了貴賓。一會兒是杜伯母拿巧克力糖來請我吃，一會兒趙媽又送上清甜的蓮子湯，而杜苓也總是搬出她心愛的玩具來讓我玩。遺憾的是，我們的歡樂不能跟趙正庭分享。第一次到杜家去的時候我還不曉得，我問杜苓：「趙正庭呢？他不是住在你們家裡嗎？他為什麼不來跟我們一起玩？」

「噓！媽媽不准的。」杜苓豎起一隻食指放在唇邊。「他住在下房裡，不能夠隨便上來的。」

「啊！是嗎？」我深深的為趙正庭感到不平。

小學快要畢業那一年，有一個星期日我到杜家去，和杜苓一起在她房間內做功課。在做算術時，遇到了一條四則題，兩個人算了半天都不會。杜苓說：「要是在學校裡就好了，我們可以去問趙正庭，他的算術好棒啊！」

「在這裡就不能問嗎？」我問。

「媽媽不准我到他房間裡去嘛！」

「那就算了，等明天上學時再問。」

「丁倚楓，不要緊，我們兩個人一起去，媽媽不會罵的。要是給她看到了，我們就說去找趙媽。」杜苓忽然站了起來說。我知道，她的牛脾氣又發作了，使起性子來，誰也拗不過她的。

當然，為了好奇，我也想去看看趙正庭住的是什麼地方。我跟著杜苓，兩個人躡手躡腳的走下樓，通過走廊，走到房屋的盡頭，推開一扇門，就看見趙媽坐在床上縫衣服，趙正庭坐在窗前做功課。

一看見我們進來，趙媽就嚇壞了。她慌慌張張地從床上站了起來說：「小姐，還有丁小姐，你們怎麼跑到這裡來呢？我們房間裡很髒，不能招待你們呀！」

「你房間髒？那麼，媽媽為什麼讓我吃你的奶？」杜苓哼了一聲，就故意在趙媽的床上坐下。

是呀！這間房間怎會髒呢？收拾得整整齊齊的，窗明几淨，除了家具不夠豪華外，又有那一點輸給杜家的客廳？我站在房間裡東張西望，趙正庭已站起來招呼我了：「丁倚楓，請坐呀！」

「趙正庭，你好用功！」我走過去，參觀他的功課。他的作業簿寫得乾乾淨淨的，比我們女生的還整潔，而且每一次都是一百分。

「趙正庭，快告訴我們，這一題是怎麼算的？」杜苓走過來，一手搭在趙正庭的肩上，一手就去翻他的作業簿。

趙正庭回過頭去向杜苓笑了一笑。然後，找了一張白紙，一本正經的就開始演算給我們看，那神情就活像一個小老師。這時，我才察覺：這幾年我們很少在一起玩，趙正庭已不是那個傻呼呼的小男孩，而是一個很懂事的少年了。

我們看趙正庭演算完，就想回杜苓的房間去，但是，趙媽卻又拖住我們，要請我們吃糖果。正在這個時候，杜伯母忽然衝進房間來了。她一進來，就指著杜苓罵：「誰叫你跑到這裡來的？老是喜歡跟下人鬼混，你還像個小姐的樣子嗎？看你，居然把丁倚楓也帶來了。真不像話！還不快點給我回到樓上去！」

「媽，我不過下來問趙正庭一道算術題嘛！這有什麼關係？」杜苓噘著嘴，一副不情願的樣子。她拉著我的手說：「丁倚楓，我們上街看電影去！」

「馬上就要考試了，還看什麼電影？你們的功課做完了沒有？」杜伯母一手摟著女兒，一手摟著我，口氣雖然還是很嚴厲，但是聲調卻已溫和得多。「假使做完了，我帶你們上街吃冰淇淋去。」

「不要！我不要跟你去，我只要跟丁倚楓一起。」杜苓還是噘著嘴在使性子。

我們三人走出了趙正庭的房間。我偷偷的回頭去看，趙媽站在床邊，臉色發白。趙正庭站在書桌前，卻是臉色鐵青的咬著嘴唇皮。

杜伯母的階級觀念為什麼這麼深呢？我聽杜苓說，趙媽跟他們一家的關係是很不尋常的。在家鄉的時候，那年，對日抗戰正如火如荼的進行著，杜家的一個老佣人在大門前救起了一個抱著嬰兒，暈倒在地上的少婦，那就是趙媽。她跟著丈夫帶著剛出世的兒子從淪陷區逃難出來，不幸，她那位原來當教員的丈夫在路上生病去世了，因為替丈夫治病和料理後事，她把隨身帶著的金錢和細軟全部花光。到她暈倒在杜家門前的時候，她已經有兩天沒有吃過東西。

老佣人救起了趙媽。杜家反正有的是錢，杜太太就把這對可憐的母子收留了。本來，是給她做打雜的，不久，杜太太生了杜苓，因為沒有奶，看見趙媽把自己的兒子餵得胖嘟嘟的，就索性把杜苓也交給她帶。趙正庭比杜苓只大兩個多月，兩個人就一起的吃趙媽的奶。

趙媽非常的疼愛杜苓，簡直把她當作自己女兒一樣看待。當然，她也很感激杜太太，若不是杜太太把她母子收留起來，說不定已餓死在溝壑之中了。杜太太待趙媽也很好，除了每月的工資以外，她經常送她衣料、手帕、襪子之類；有時，也送些食物和玩具給趙正庭。

照理說，杜太太該是一位很好的主人囉——但是，她的成見太深了，她認為主人不應與僕人混在一起。然而她的女兒卻不跟她一樣看法，杜苓跟趙正庭一起長大，不但是青梅竹馬的玩侶，也有著手足之情。杜伯母老是防範著她和「下人的兒子」在一起，這是她所不能忍受的。

小學畢業以後，我和杜苓一起考進了F女中，趙正庭也順理成章的考進了男孩子夢寐以求的C中學。由於學校不同，而且中學的功課比較多，那六年之中，我簡直難得跟趙正庭見一次面。從杜苓的口中，我只知道趙正庭每學期都考第一名，而且當選了兩次模範生。杜苓的爸爸對趙正庭很賞識，曾經答應過趙媽將來一定供他上大學。

「杜伯母對他怎樣？還防著你們嗎？」我問。

「當然哪！防得更嚴了，要是我們在一起說兩句話，被她碰到了，一定會嘮叨半天。丁倚楓，我知道，媽媽怕我愛上了趙正庭。」杜苓咭咭的笑了起來。「不過，我曉得我媽媽並不是真的不喜歡趙正庭，她也常常稱讚他聰明，說趙媽有這樣的兒子好福氣。趙正庭考上C中，媽媽還送了一隻手錶給他哩！」

「那麼，杜苓，你會愛上趙正庭嗎？」我好奇地問。十三四歲的小女孩，大都開始對這個神秘的問題發生興趣了。

「嗯！我也不知道。」杜苓睜著一雙圓圓的大眼睛，歪著頭在想。「不過，我決定長大了要做他的妻子。」

「這麼小就想嫁人，不害臊！」我用手在臉上比劃著羞她。

「死鬼！」她推了我一把。

兩個人笑作一團。

六年的歲月轉眼消逝，不知不覺，我們已是個高中畢業生了。這個時候的杜苓更是出落得標緻動人。一雙又圓又大又黑的眼睛像會說話，兩片紅豔的嘴唇就像是剛剛綻放的玫瑰花。她的皮膚雪白細嫩，她的身段婀娜修長。加以她功課好，人又活潑可愛，這六年之中，全校師生沒有人不喜歡她，也沒有人不認識她的。中學裡雖然沒有校花這種稱號，但是，無形中，杜苓已成為我們學校中的「皇后」。漸漸的，校外的人也知道杜苓的芳名了，有些大膽的男孩子開始向杜苓展開情書攻勢。

杜苓把這些情書一律付之一炬，但是，卻維持著每星期寫一封信給趙正庭的紀錄。說來可笑，她和趙正庭住在同一間屋子裡，幹嘛還要寫信呢？杜苓告訴我：她現在已不是小孩子，為了免得被媽媽責罵，她從來不在家裡和趙正庭說話。她和他每個月偷偷在外面會面一次，其餘的時間就靠通信，信由趙媽轉交，非常的安全可靠。

「你們呀！簡直是二十世紀的羅蜜歐與茱麗葉嘛！杜伯伯和杜伯母要是知道了你們這樣相愛，恐怕也會感動的。」我說。

「算了！我爸爸還好一點，我媽媽成見之深，是沒有人比得上的。將來，她要還是堅決反對的話，我看，我勢非脫離這個家不可了。」杜苓黯然地說，不過，她的聲調是很堅決的。

就在我們高中畢業後的半個月，杜苓請我和許多同學到她家參加她的生日宴會。在門口，我看到了六年不見的趙正庭。他穿著一件潔白的襯衫和一條淺灰色的西裝褲，在門口負責招待的工作。他已長得很高很高，本來那雙圓圓的眼睛現在戴上一副寬邊眼鏡，這使他顯得十分的溫文儒雅，但是，也使我幾乎認不得他。

「丁倚楓，你怎麼變得這樣漂亮了？想不到醜小鴨也會變成鳳凰的呀！」是趙正庭先叫住我的。

「哈！原來是你！我也想不到你變成了四眼田雞哩！」我也回敬了他一句。

我本來想跟他多談幾句的，卻被別的同學拉進屋裡。這個生日宴，請的全是年輕人，除了同班的同學外，還有少數是杜苓的同輩親屬。由於沒有大人在場，這群少年人便十分放肆，吃完了自助餐以後，便又唱又跳又鬧的。杜苓被一堆人包圍著，我找個機會，便去找一直忙著招呼這招呼那的趙正庭。

「趙正庭，今天你是個大忙人啦！」我說。

「那倒沒有什麼，這正是我們受恩圖報的時候嘛！何況，這是杜苓的生日宴會？」趙正庭怡然地說。他剛把一箱可口可樂從廚房裡搬出來。

我本來以為他會抱怨幾句的，這樣一來，我反而不知道要說什麼好了。

「丁倚楓，坐下來，我們談談。這六年裡你很好吧？」他拉了一把椅子給我，同時也遞給我一瓶可樂。

刻板的學校生涯是沒有什麼可談的，一人幾句，便交代過去了。忽然，我想起了一句話，忍不住就笑著問：「杜苓說過長大了要做你的妻子。現在，你們都已經長大了，你們有什麼計畫沒有？」

「我們，」趙正庭的臉紅了，他訥訥地說。「我們的心不會變的。目前，雖然還談不到計畫，不過，有一天，我會叫人對我另眼相看的。」

雖然他說得並不清楚，但是我卻明白他的意思。我說：「你會做到的，我知道。」

「謝謝你，丁倚楓。」趙正庭看著我，一臉嚴肅的表情。

幾個女同學走過來，一面嘰哩嘩啦地笑鬧著，一面對著趙正庭從頭到腳的在打量。一個說：「好呀！丁倚楓，你偷偷的躲在這裡會男朋友，也不給我們介紹。」

我知道她們誤會了，但是，我又不敢說出真情，使得杜苓感到不便。「這是我小學的同學趙正庭，也是杜苓的同學。你們別鬧，我明天請吃冰淇淋好嗎？」我七手八腳的把她們推開。

「他到底是你的還是杜苓的男朋友嘛？他長得好帥啊！」

「丁倚楓，你別這樣神秘兮兮的好不好？快點告訴我們嘛！」

「想不到你這個老實人也有男朋友了，好壞啊！」她們依然圍著我糾纏不休，我答應明天在請吃冰淇淋的時候講故事給她們聽，她們才勉強的同意了。

生日宴會的氣氛很愉快，但是，我們美麗的小壽星卻有點心不在焉的樣子。我冷眼旁觀，發現她的眼光一直在追逐著趙正庭。然而，趙正庭卻因為忙於工作，始終沒有機會坐下來（也許他是故意這樣做的）。偶然，趙正庭在走動著的時候，眼光跟她的接觸了，在這一剎那間所產生的光和熱，以及那流露在他們兩人眼神內的喜悅與陶醉，真是使得我這個第三者都為之心動。

第二天，我請那幾個同學到學校的福利社裡吃冰淇淋，並且把杜苓和趙正庭的故事原原本本地告訴了她們。小鬼頭們都聽得發呆了，她們一致對這段「偉大的愛情」表示同情，還說要組織一個支援委員會，誓為他們作後盾。

我笑罵他們：「吹皺一池春水，干卿底事？你們少管別人的私事吧！」那年的暑期，大家都在為升大專的聯考而忙得焦頭爛額，每天都是躲在家裡啃書本，很少會面。直到考完的次日，我正想到杜苓家裡去，問問她考得如何，想不到，她卻翩然的來到我家。

「丁倚楓，我要告訴你一個秘密。再不說出來，我可真要悶死了。」一見面，杜苓劈頭劈腦的就這樣說。

我睜大眼睛望著她，白嫩的臉蛋因為炎熱和興奮而脹得通紅，額上和鼻頭上沁著小小的汗珠，由於匆忙趕路的關係，說話時還有點兒嬌喘。我倒了一杯冰水給她，說：「你先坐下來歇歇吧！有話慢慢說。」

她喝了一口冰水，也不理我，就說：「告訴你，到了放榜那天，我的爸爸媽媽和你們一定會大嚇一跳。你知道嗎？我報考的第一志願是X專的美術工藝科哩！」

「什麼？你不是填的T大外文系？」我真的嚇得從椅子上跳了起來。

「每個人都以為讀乙組的就要考上T大外文系才夠光榮，而我也這樣的答應了我的父母。但是，我考慮過了，我不能讀T大。趙正庭功課那麼好，他是毫無疑問會考上T大的。第一、我為了不想跟他天天見面，妨礙他的學業；第二、為了要使他的地位比我高，所以，我決定不填T大。」杜苓扳著手指頭，一項一項的在數著。

「可是，你也用不著把標準降得那麼低呀！」我叫了起來。

「讀美術工藝是我的興趣，而且，讀專科我可以有藉口不出國，我既然決心要嫁給趙正庭，我就必須讓他在各方面都在我之上，使別人忘記他是奶媽的兒子。我要他將來出國讀完博士才回來，而我則在這裡工作，賺錢準備將來結婚之用。丁倚楓，你想不到我會有這樣的安排吧？」杜苓揚起眉毛，臉上流露出得意的神色。

「趙正庭同意你這樣做？」我問。

「他還不知道哪！他知道了會不答應的。告訴你吧！你是第二個知道的人。第一個是王老師。你知道，我們全體畢業生的大專聯考報名單都要經過級任老師同意的。我不知道費了多少唇舌，把我的隱衷告訴了她，王老師才答應我這樣做的。因為以我的成績而只考取了X專，是有損校譽的呀！」

「杜苓，在如今我才知道愛情的力量是這麼偉大，而你的犧牲精神，也實在太令人感動了。」我握著她的手，激動地說。

「丁倚楓，有一件事情要拜托你。你也是考甲組的，當然會跟趙正庭一起考上T大，將來，你要替我好好照顧他啊！」

「杜苓，還有一個月才放榜，你慢一點再拜托我吧！」

「得了，像你這種高材生怎會考不取T大的呢？除非你也像我一樣有著秘密吧！」杜苓笑著推了我一把。

到了放榜的那一天，正如每個人所預期的，趙正庭以第一志願考取了T大物理系。我如願的進入T大化學系。而杜苓的名字，卻是出人意表的出現在X專的美術工藝科。我相信，這個消息在所有認識杜苓的人中間都是個大大的意外，而在杜家富麗堂皇的公館裡，又不知鬧得如何天翻地覆了。

我到杜家去，杜苓果然哭得雙眼紅腫的，正在房間裡寫信。看見我來，她放下了筆，迎著我說：「你來得正好，我本來也要去找你的。」

「捱罵了？」我說。

「這是當然的。我恨我自己不夠堅強，這有什麼好哭的呢？不過，我媽媽罵我不爭氣，罵我丟她的臉，這種罪名，也實在難以令人接受的。」杜苓憤憤地說著，忽然又尖聲地笑了起來：「想想媽媽也怪可憐的。她本來以為我這個寶貝女兒可以向人炫耀炫耀的，想不到，她完全失望了。你聽她怎麼說：『你真是氣死我啦！如今，趙媽可比我神氣多了！她的兒子居然考上了T大。』告訴你，我媽媽氣得生病了。」

「這也難怪！天下父母心都是一樣的，誰不望子成龍、望女成鳳嘛？」我說：「對了，趙正庭對你的事有什麼意見沒有？」

「今天我還沒見到他。他剛才託他媽媽給了我這張條子。他倒是很鎮靜的，只是問我到底是怎麼一回事。我現在正寫信給他。」

「那我不打擾你哪！」我裝作要走的樣子。

「死相！別這樣嘛！來，我請你看電影和吃館子去，算是為你的考取第一志願慶祝好嗎？我只顧著講自己的事，都忘記給你恭喜了。」杜苓拉住了我。

她真是個叛逆的女兒。她第一次反抗她的母親是在十一年前上小學一年級的時候，為了要跟趙正庭「平等」，拒絕坐三輪車上學。現在，她為了要讓趙正庭在身份和地位上都超過她，她故意考取了一家錄取標準很低的專科學校。一個從第一流女中畢業出來的好學生而有這樣的「成績」，又怎怪杜伯母生氣呢？我相信，所有不明白內情的人都會為她惋惜的。

杜伯伯倒是挺大方的，他雖然也怪責了杜苓幾句，但是還送了她一條很美麗的項鍊作為考取的禮物。同時，他又送給趙正庭一部腳踏車。杜苓告訴我，她爸爸本來已經答應了要負責趙正庭的註冊費用的，可是趙正庭和趙媽都沒有接受。趙媽說：她這些年來把工錢積下來，足夠正庭上四年大學之用。趙正庭也說，以後他可以去當家庭教師來賺錢，不必再靠人幫忙了。杜苓還告訴我：趙正庭一直想脫離杜家，到外面自立門戶，他認為他半工半讀也可以養活母親。但是趙媽不肯。趙媽說，她不能做忘恩負義的人。杜家救活了他們母子，這些年來，她在杜家的地位已經幾乎是管家一樣，杜太太在在都需要她幫忙的。她怎好無緣無故的離去呢？

「我看，趙媽得等到我們結婚以後，就可以和我一起離開了。」杜苓滿臉紅暈的說。

「那你們就親上加親了。又是奶媽，又是婆婆，她不把你寵壞才怪！」我笑著說。

在大學的四年裡，我和杜苓見面的機會不太多。我們各人忙各人的事，很少聚會，只是偶然通通信。我和趙正庭雖然在同一個學校，可是由於不同系，也不常見面。他比我們都忙，因為他兼了兩個學生的家庭教師。從第二個學期起，他就得了獎學金，以後每個學期都得到，直到畢業。所以，在經濟上他是完全沒有問題的。

我和趙正庭讀完大三，杜苓就畢業了。畢業後，她和幾個同學一同開辦了一家裝潢公司，專門替人家作室內布置、櫥窗布置、設計、廣告設計、服裝設計等。由於這是一門新興的行業，而這位總經理杜苓又是既年輕又貌美，所以，生意居然十分興隆。現在，杜伯母也認為女兒沒有選錯科系了。不過，她還是希望杜苓能夠出去鍍一次金，以光耀門楣。

「要我出國可以，你得答應我和趙正庭結婚。」杜苓乘機這樣要脅她的母親。在這三年裡，她和趙正庭的戀愛已表面化了。儘管她為了避免和母親發生衝突而從來不在家裡和趙正庭會面；可是，她和趙正庭每個星期日都要聚會一次。杜伯母可能也知道了，不過，杜苓每次都是入夜即歸，從沒有不規矩行為，她才無話可說。

「杜苓，你不要氣死我好不好？像你這樣一個又漂亮又有才幹的小姐，什麼人不好嫁，為什麼偏要喜歡那窮小子呢？」杜伯母有氣無力的說。這些年，她已不像年輕時那麼氣勢逼人了。

「我說，淑娟，」杜伯伯在中間做調解人。「趙正庭那孩子除了出身寒微以外，其他方面也沒有什麼配不起我們阿苓的。我看這樣吧！將來，他要是能夠到外國去修得一個博士學位回來，我們就成全了他們的心願。」

在她母親還沒有說話以前，杜苓就跳了起來，摟著父親的脖子，在他臉上親熱的吻了一下，叫著說：「爸爸，你太好了！一言為定，不許後悔啊！」說完了，就像一陣旋風似的走了出去，去向趙正庭報告喜訊，也不管她母親是否會因此而跟她父親吵得一把眼淚一把鼻涕。

以趙正庭這樣優異的成績，出國留學是毫無問題的。畢業後，服完兵役，他順利的取得了美國普林斯頓大學的獎學金，那年秋天，他就和杜苓分別，獨自到美國去。那時，我已在加大讀了一年，由於和趙正庭一西一東，也沒有機會和他見面。從杜苓的來信中，知道她的生意愈來愈發達，公司的規模日漸擴充。趙正庭出國的費用全是她負擔的，並沒有用過她父親一分錢。

我在美國唸完碩士後就結了婚。婚後第二年，與我的丈夫一起回國，同在母校任教。這時，大家都比較空閒，跟杜苓時有見面。現在的杜苓，已不再是當年那個任性的富家小姐了。在靠近三十歲的年紀，她出落得比以前更加標緻，而且還有著一股成熟的風韻，這，正好配她女企業家的身分。以她這樣一位才貌俱全的單身女性，追求她的人自然很多；可是啊！杜苓才厲害哪！她對這些人誰也不理會；後來，為了避免麻煩，她乾脆正式宣布她和趙正庭已經訂婚。

就在兩個多月以前的一天，杜苓像一陣風似的捲進我的屋裡，一把抱住了我就又哭又叫的：「丁倚楓，我爸爸媽媽都答應了。趙正庭已通過了博士考試，他下個月就回來。啊！我太快樂了！你知道嗎？我等候這一天已等了五年啊！」

「恭喜你，杜苓，我知道你們會有這一天的。不要哭了，等著做新娘吧！」我用手帕揩乾了她的眼淚。

「倚楓，你幹嘛一個人躲在這裡發呆，新郎新娘要出發去度蜜月了，還不到門口去送？」不知道什麼時候，跟我一起來觀禮的丈夫走到我身邊，拍了拍我的肩頭。

我趕緊放下手中的杯子，擠到簇擁在花園門口的人叢裡。我看見杜苓已換上一身淺粉色的洋裝，正含笑挽著文質彬彬的趙正庭，站在車門邊，讓親友為他們拍照。他們將到中南部作半個月的蜜月旅行。趙正庭已應C大之聘，開學後將擔任他們的客座教授。

望著這對相戀了二十幾年，愛情始終不渝的男女，作為他們也是二十幾年的老友，我的心裡真是有著太多太多的感觸。不過，我堅決相信的一件事就是：從今以後，上天會眷顧這對夫婦，使他們終生幸福的。

《今日世界》

黑水仙

就這樣，她一個人出門去。

臨走的時候，她對母親說：「還有兩天我就回臺北了。這十天以來，天天都是你們陪我出去，今天，我想自己一個人出去逛逛，看看那些兒時舊遊之地，重溫一下舊夢。」

母親答應了她，吩咐她小心一點。末了，還加上一句：「現在的香港比不得從前，治安很差，你一個單身女性，可要處處留神啊！千萬別去得太遠，早一點回來。」

「媽，您忘記了？我也不是從前的我了。一個快四十歲的人，難道還不懂得照顧自己？」

她微笑著向母親揮揮手，走出大門，走進電梯。

到了街上，望著熙往攘來的行人和車輛，她這才惘然地想起，到那裡去好呢？

剛才她跟母親說是去看看那些兒時舊遊之地；但是，她從前去過的地方，像淺水灣、青山、沙田等地，前幾天她的母親和她的兄姐們都陪她去過了。香港只不過是彈丸之地，可看的地方不多，才不過十天，就彷彿已經把港九的風光都看盡。她說要重溫舊夢，只是信口開河，目的是想讓母親休息一天，這些日子以來，老人家為了要陪女兒觀光，已經夠累。然而，她到那裡去好呢？三十一年前，她跟父母兄姐們住在這裡時，還是個小學生，什麼地方都沒有去過。而他們當年所住的舊居，她就讀的那所小學，據她的家人告訴她，早已經在幾年前拆除；她童年的舊夢，除了在記憶裡和照片中，已無法追尋。

我到那裡去好？她惘然地站在行人道上，看著幾個小孩子在玩「跳飛機」。一個梳著兩根翹翹的小辮子、辮梢扎著紅蝴蝶的小女孩，使她想起了三十年前的自己，於是，她忽然想起了一個地方——植物公園。從前，不是常常在放學以後跟同學到植物公園去玩的嗎？這個距離市區最近的公園，她怎麼一直沒想到要去看看呢？大概就是因為太近，所以才被忽略了。

母親的家距離植物公園不遠，她搭上一部巴士，十分鐘後就到達。爬上石階，走進公園的大門，映入眼簾的是大片大片的綠色草坪、多彩的花圃、變幻的噴水池……這一切，對她都是陌生的。當年，她和同學們坐在那上面說故事的長椅呢？她和同學們繞著捉迷藏的那棵大樹呢？三十年是一段很長的歲月，一切都已不同了啊！

她跟著遊人，漫無目的地在園中走了一周，看看錶，才花了二十分鐘的時間。於是，又興起了「去那裡好？」之嘆。

從植物公園出來，天氣好得出奇。她仰望頭上的藍天以及藍天下的蒼翠峯巒，一個靈感突然掠過她的腦際：上太平山去。對，她記得清清楚楚，三十一年前，當她還是一個三年級的小女孩時，她的老師曾經帶她們全班同學坐纜車到山頂去旅行過。這些年來，她雖然回過香港幾次，卻是始終不曾到太平山舊地重遊。如今，登山纜車的車站近在咫尺，她何不去登臨一番呢？

雖則，她早已由一個梳著雙辮的小女孩變成一個在臺灣唸完大學，也在臺灣結了婚的中學教員，現在，正利用暑假，回香港省親。而古老的纜車車站卻還是三四十年前的樣子：簡陋而毫無氣派，跟它四周新蓋的豪華大廈毫不相稱。令她感到奇怪的是，今天並非假日，上山的遊客卻不少。在她到達的時候，站在那裡排隊等候購票登車的，已有二三十人。其中包括有白髮皤皤、老態龍鍾的外國老夫婦；體型臃腫、滿臉脂粉的西洋胖婦；奇裝異服的非洲黑人；吊兒郎當的美國大兵；雌雄莫辨的嬉皮式人物；還有幾個看不出是那一國人的東方男人；而她，卻是其中唯一的東方女性。

當她走過去排隊時，站在前面的幾個美國大兵和那幾個東方男人都一齊向她行注目禮，這使得她非常尷尬，幾乎想離去。剛好，這時又來了一對看來像是香港居民的中年夫婦和幾個女學生站在她身後，才使她壯膽不少。她想：光天化日之下有什麼好怕的？何況我早已不是少女？他們看我，大概因為我剛才是這裡唯一的中國女性吧？何必大驚小怪呢？想著，也就坦然。

一部纜車轟隆轟隆地從山上下來，吐出一群遊客。守閘的人把鐵門開啟，然後，這一批在守候著的旅客就魚貫購票登車。輪到她上車的時候，已經沒有幾個空位。她走到車的後部，那裡有兩個空位，一個位子的旁邊為黑人，一個是東方人。很自然地，她就在那個服裝穿得很整齊的東方人身邊坐下。

纜車也還是三四十年前的舊車，硬綳綳的木椅子，坐得極不舒服。開行以後，因為身體必須靠在堅硬的椅背上，就更不好受。這時，她發現坐在旁邊的那個人一直在盯著她；於是，在不好受的感覺中又加上了不安而使她暗暗叫苦。

纜車穿過濃密的樹蔭往上升，山間一幢幢色彩鮮明的別墅都在兩旁迅速的往後滑落。雖然由於空氣壓力的關係，每個人的耳朵都會有不適的感覺；但是，車裡的遊客個個都在談笑風生，恍若舉行國際語言競賽會。沉默的，大約只有她和坐在他旁邊的那個人了。

忽然間，她身邊那個人也不甘寂寞起來。「對不起，請問你是不是從臺灣來的？」那個人操著生硬的國語開了口。

她又驚又喜。驚的是他居然跟她搭訕，不知道有什麼企圖。喜的是他說的是國語，應該是中國人，而且很可能也是臺灣來的人，那麼，她此行便有伴了。

「是呀！你也是臺灣來的吧？」她轉過頭去，微笑回答。她看見這個人有一張端正的臉，大約是三十幾歲的年紀，無論是頭髮和衣著都修飾得極其考究與整潔，一看便知道是個上流社會的人物。

「我是新加坡來的。」那個人說，一面微笑著，露出了一口整潔的牙齒。

「哦！」她有點失望，便沒有再作聲。

「小姐是第一次到香港來嗎？」那個人顯然不準備放棄交談的機會。她很想告訴他，她早已是一位太太了。可是她又覺得沒有跟他說明的必要。一個萍水相逢的人，管他對自己的稱呼是什麼呢？

「我小時候住在這裡。」她故意做出一個狡獪的表情，以打擊這個人的過於自信。

「哦！」那個人望了她一眼。「那麼，小姐的府上是——」

「廣東。」

「廣東？好極了！我也懂一點廣東話。你係廣東邊道呀？」最後一句那個人是用廣東話說的。

「先生，你的廣東話我聽不懂，我們還是以國語交談吧！」那個人的蹩腳粵語使她忍不住掩嘴竊笑起來。她想：你的國語已經夠生硬的了，別再賣弄別的方言吧！

「真是慚愧！我在語言方面就是沒有天才，說什麼不像什麼。」那個人無可奈何地雙手一攤，作了一個自嘲的表情。

「先生的府上是——」

「我原籍在福建，不過我卻是在新加坡出生的。」

纜車的速度很快，好像是才說了兩句話，忽然就到達山頂了。車子一停定，她就站起身來，向那個人說聲「再見」，跟著其他的遊客，像逃避什麼似地，走出了車廂。

走出車站，她絲毫沒有舊地重遊的感覺，周遭的一切，對她全然都是陌生的。那一幢幢的高樓，有的已經完成，有的還在施工，把這香港的最高處點綴得像是鬧市。

她茫然站在路旁，深深後悔此行。既然山頂跟山下毫無兩樣，我又何苦白白登臨呢？兒時老師帶我們來旅行的那個小溪和草坪在裡？難道那上面也蓋了洋房？

大路旁邊有一間歐洲式的小餐館，屋頂石壁上都爬滿了常春藤。門口的花棚下，擺著幾副座位，木製的方桌上鋪著紅格子或者藍格子的桌布，充滿了西方的鄉村情調。她一眼便愛上了這個地方，很想進去喝杯咖啡；但是，當她正想走過去時，一眼看到剛才在車上跟他搭訕的人也往那邊走，便打消了這個念頭。

轉身，她看見同車的幾個女學生正嘻嘻哈哈地走向一條有斜坡的大路。她們帶著食物和錄音機。他想，她們一定是去野餐，而野餐的地方風景也一定好，我何不跟著她們走呢？

小女孩們走得快。她跟著她們爬斜坡路，才拐了兩個彎，就覺得有點吃力。走了十幾分鐘之後，峰迴路轉，漂亮的洋房不見了，呈現在面前的是一大片青翠的山谷草坪，四周環繞著一條小路，有石階可以下去。草地上，有一隊小學生在做團體遊戲；有一隊女學生在跳土風舞；而走在她前面的幾個女生，果然鋪了一塊白布在草地上開始野餐。在豔陽照耀下，整個山谷都迴響著青春歡樂的笑聲。

她站在小路上看了一會兒，猛然省悟這就是三十年前她來過的地方。當年，她也曾和她的同學在這裡做遊戲和跳土風舞；如今，卻只有站在這裡乾羨慕的份兒。

天空藍得像是透明，似乎伸手可掬；山風涼涼的吹著，吹盡了世間的一切煩憂，也吹去了七月的溽暑。她沿著小路往前走，再爬上一道石階，原來那上面又是另外一個天地。一片大草坪，四周有石椅供人休息；樹下和山邊，栽種著色彩璀璨的花卉；而在山的最高處，還有一座很大的涼亭。

她實在已經有點累了，望見那座涼亭，又經不起誘惑；於是，就賈其餘勇爬上最後一座石階。剛才，她站在那個「青青山谷」的邊沿上，四望都是藍天，已經深深體驗到在高山上那種飄飄然的感覺。現在？當她踏上了最高峯，才又真正油然的興起了「遺世而獨立，羽化而登仙」之感。在心理上，也彷彿已到達了與天堂最接近的地方。

走到亭側的山崖，只見下面是茫茫大海，碧波粼粼，一望無際。紅塵十丈的市廛，已被這座山擋住，這下面的大海，正是香港的背面。山風頗勁，穿著無袖旗袍的她微微感到寒意；於是，用雙手護著裸露的雙臂，走進那座龐大的方形的涼亭裡，準備休息幾分鐘就下山去。

她靠著一根柱子在欄杆上坐下，馬上，有人衝著她「嗨」的叫了一聲。抬起頭，原來又是剛才那個人。

「這世界真小，我們又碰到了。」那個人笑著露出了一口雪白的牙齒。這兩句話，他是用英語說的，標準的牛津腔。

她笑了笑，沒有搭腔。這個人怎麼搞的？一表堂堂，卻是個專門釘梢女人的角色。看見她不回答，他又改用國語說：「小姐到底是雅人，選上這塊清靜的地方。剛才跟我們同車的俗人大概都躲進餐館裡去了。」

她還是笑了笑。對一個陌生人這樣的恭維，她不知道回答什麼話好。

「我可以在這裡坐下來嗎？」他第三次「自言自語」。看他一副彬彬有禮、並不嬉皮笑臉的樣子，她忍不住噗哧的笑了起來。

「你這個人真奇怪，這裡是公共的地方，你愛坐就坐，我有什麼權力禁止你？」她說。

「可是，萬一我一坐下來你就走開呢？」

「那也是我的權力呀！」

他坐在距離她兩三尺的地方。「從臺灣來的小姐大概不會這樣沒有人情味的吧？彼此都是同胞，偶然在海外相逢，談談話有什麼關係？」

說得也是，談談有什麼關係？這個人看來不像歹徒或色狼，我又何必那麼小器？她保持著微笑，坐著沒有動。

「對了，你怎麼知道我是從臺灣來的呢？」她突然這樣問。

「那明顯得很嘛！從你身上這件高雅的旗袍，一眼便看得出來。」他把眼光落在她的身上，露出了欣賞的神色。

「我還是不明白。難道別的地方的中國女性就不穿旗袍的嗎？」她已經明瞭了他的意思；但是還想知道得詳細點。

「她們穿旗袍沒有你穿起來好看。香港的年輕女孩子是不穿旗袍的。海外的華僑也是。如果是大陸逃出來的，更是一眼就看得出。所以，我一猜便猜對了。小姐，我可以請問你，你是從事那一方面的工作的嗎？」

口口聲聲小姐，他還把我當作是年輕女孩子！她心中覺得好笑，忍不住就興起了要作一番「人間遊戲」的念頭。

「你再猜猜吧！你似乎是一位猜謎專家哩！」她笑著說。同時也有點想知道這個人的身世。

「你是一位畫家，而且，是畫國畫的。」他毫不考慮就衝口而出。

她搖搖頭。

「那麼，你是一位作家，或者是詩人。」

她又搖搖頭。

「奇怪！那麼，是書法家，對不對？」

「不對！你憑什麼把我說得那麼好呢？」他把她的身分猜測得那樣高，使她感到十分滿意。

「憑你高雅的風度和衣著呀！」他想了一會兒又說：「假使你年紀大一點，我會說你是教國文的大學教授，可是你又這樣年輕。對了，你是大學裡的講師是不是？」

他猜得真準，那句恭維的話也真令她陶醉。假使她真的是風度，高雅的話，那應該歸功於她父親早年的教她誦讀詩詞以及後來在大學裡四年所受中國古籍的薰陶了。她很慶幸自己在這世紀末還能保持著些微中國淑女的風範，也欣幸自己在年華老去之後還有人欣賞。「你猜得非常接近。告訴你吧！我是一個中學教員，教的正是國文。你呢？你也應該自我介紹一番吧！」

「當然，我還怕沒有機會哩！」他興高采烈地從口袋裡掏出一張名片，雙手奉上說：「請指教。」然後，深深看了她一眼，又說：「小姐，我的相人術不錯吧！」

她接過來一看，名片當中印著「陳永年」三字，右面旁邊的一行小字是「新加坡大學英國文學系副教授」。左下角是地址和電話號碼。

「失敬！失敬！原來是一位教授。」這下，她不由得不對他另眼看待了，人家可真是個有學問的人呀！

「豈敢、豈敢，我也是濫竽充數而已。小姐，我可以請問貴姓嗎？」

「我——我姓李。」她本來想趁機告訴他已冠了夫姓，但是又覺得不必多此一舉。於是，她隨口把她母親的姓氏當做是自己的姓。

「李小姐，幸會幸會！」已經談了半天話，他這時卻伸手出來和她相握。

握住她的手久久不放，注視著她的眼睛露出了迷戀的表情。她被他看得有點心慌意亂，加上山風的吹拂，不由得就打了一個寒噤，渾身發抖。她想起了多年前曾經看過一部名叫《黑水仙》的英國片，描寫一群在喜馬拉雅山上修道的修女，因為受了高山稀薄空氣的影響而變得意亂情迷，動了凡心。如今，這個人，還有我，是不是也有點失常呢？然而，喜馬拉雅山的最高峯有二萬九千多呎，這小小的太平山算得了什麼啊？想著，不禁暗暗罵自己神經過敏。

「你的衣衫太單薄，一定冷壞了，來，披上我的上衣吧！」他發覺她在發抖，也不等她同意，就迅速地脫下自己的上裝，輕輕地披上她的肩頭。

她實在是冷壞了，沒有推辭，就雙手把他的衣服攏緊。「謝謝你，陳教授！可是，你自己不冷嗎？」

「我不冷，我太興奮了，反而有點熱。」他說著，索性就把領帶扯掉，同時把襯衫的袖子捲了起來。

「什麼事使你這樣興奮呢？」她為他的憨態感到好笑。

「因為遇到你呀！你不知道，我已經找尋了很多年。」他的雙眼又固定在她的臉上。

「陳教授，請不要開玩笑！」她被他看得很窘，只好低著頭。「時候不早了，我想回家去。謝謝你的衣服。」說著，她就站了起來。

「李小姐，你誤會我的意思了。」他也站了起來。「這樣吧！山風的確是強了一點，我們還是下去的好。我一面走一面把我的話說完，聽了保證你不會再生氣。」

經他這一說，她也覺得自己未免疑心太重（還把自己當作二八佳人哩！）。於是，不置可否，就往歸途走。

「李小姐，請聽我說，事情是這樣的。」他跟她併肩而行。「我在教書的餘暇偶然也寫寫小說，因為寫得並不好，所以一向不敢以作家自居。好幾年前，我構思了一部長篇小說的題材，女主角是一位幽嫻貞靜，既具有古代中國女子的美德，而又受過現代高等教育，外表美麗，氣質高雅的女性。但是，這只是我憑空捏造的人物，我從來不曾見到過，寫出來恐怕缺乏真實感。於是，我決心暫時不動筆，要等到遇到了這樣的一位女性，證實自己並非無中生有時才開始。為了這個目的，我曾經跑遍了新加坡的所有女子學校；天天在街頭看女孩子。然而，我始終沒有遇到理想的人物。我知道，這樣的女子，在今天已很難找到。尤其是在國外。我本來計畫明年暑假要到臺灣去看看的，我想，臺灣的女孩子，一定比南洋的更具有東方的傳統。想不到，今天卻遇到你。剛才在纜車車站，你走過來排隊，我一眼看見了，便忍不住在心裡叫喊起來；這位文靜而高雅的女士，不正是我的書中人嗎？李小姐，我所說的每一句都是實話。現在，你還生我的氣嗎？」

他一口氣說完了這一大段話，這時，他們已走到山谷的那一片草坪上。剛才那些女學生還在跳土風舞，音樂隨風飄送，更增加了山間美好的情調。

「我本來就沒有生氣嘛！」她轉過頭向他嫣然一笑。「只是，我那裡有你說的那麼好？我不過是一個不合宜時的落伍女子罷了！」

他們併肩走下石階時，他還禮貌地扶著她的手臂。「不，你一點也不落伍。」他說。

「你怎麼知道呢？」

「當然，從你一個人上山來遊玩這一點就可以看出來。還有，從你體態的健美，也可以看得出你是一位喜愛運動的現代女子。李小姐，我的話沒錯吧？」

聽了他的話，她不禁暗暗吃驚。這位教授兼作家，不僅目光如炬，而且彷彿還有相人術。她在學校時的確是一個籃球好手，如今雖已離校多年，每天不忘作室內體操（有時也跟孩子們打乒乓球或者羽毛球），起碼也要作一次散步。這也許就是她能夠保持體態不至發福的原因吧？不過，她沒有說出來，她不想給他知道得太多。

兩人默默地走了一段路，到了遊人漸多的地方，她把他的上衣脫下來還給他：「謝謝你，陳教授，我現在不冷了。」

他把衣服接過來，微笑著沒有說話，就把衣服穿上。

「剛才你在上面說不冷，現在反而穿上上衣，不會太熱嗎？」她好奇地問。

「不熱，就是熱我也不怕，因為我要趁衣服上你的體溫沒有散去以前穿著它。」他低頭望著她，眼中露出了無限柔情。

她惕然而驚。《黑水仙》的故事又兜上心頭。不論他是有意或無意，我和他的萍水之緣都應該到此為止，否則，麻煩就大了。

「陳教授，我得下山去了。再見！」她假裝沒有聽到他的話，自動向他伸出手來。他握住了她柔軟的小手，失望地問：「李小姐，你不讓我送你下山？」

「不必了，車站就在前面。」

「李小姐，可以把府上的地址告訴我嗎？我希望我們以後還有機會見面。還有，將來我的小說出版了，我要寄一本給你。」

「我明天就回臺灣了，以後，歡迎你到臺灣去觀光。你的書出版後，我可以自己買來看。」她一面回答著，一面輕輕抽出自己的手。然後，就用急促的小碎步走向纜車車站。

她想像得出他站在路旁那副嗒然若喪的模樣。她不敢也不能回過頭去，因為她恐怕一回頭便會心軟。

纜車站上仍然像來時那樣排了一行不算太短的隊伍。她走過去站在隊末，很擔心他跟在後面。然而，當她的後面又排了好幾個人而他還沒有出現時，又微微感到失望。她知道，他不會跟來的，他是個受過高等教育的正人君子（他除了國語不太流利以外，也還算保持著中國的傳統道德呀！），他有他的自尊心。纜車又像來時那樣轟隆轟隆地把她和其他的遊客送下山去。纜車走得很快，她的心很亂。她像失落了什麼，又像是獲得了什麼；有著淡淡的哀愁，也有著絲絲的喜悅。剛才的遭遇太離奇，彷彿是午睡時所做一場極其短暫的無稽的夢；也彷彿是看了一齣難以忘懷的新手法電影。

回到山下的鬧區，市街的熱浪馬上把她包圍起來，山上得來的清涼立刻消失淨盡；但是，那個把她誇讚為「既有著中國傳統美德，又有著現代思想」的人的形貌言談，卻始終縈懷，拂之不去。

到了家，她的母親迎著她問：「怎麼樣？到什麼地方去玩了？」

「到了植物公園，還上了太平山頂。」

「好玩嗎？尋到了你的舊夢沒有？」

「一切都變得那麼多，我的舊夢已無處尋。不過，我卻在山上做了一個奇怪的白日夢。」

她擁著母親的肩頭走向廚房。「媽，我餓了，冰箱裡有什麼可以吃的東西沒有？」

《自由談》

邀舞

那道朱紅的大門一打開，宋思湄還以為自己走錯了人家。屋子裡閃爍著幽暗的紅紅綠綠的燈光，只見人影幢幢，笑語不絕；其中，還夾雜著咖啡的濃香和使人窒息的香煙的煙霧。這不是咖啡室是什麼？敢情萬家搬走了？搬了家也不通知一聲，好可惡！看我以後要不要跟她算帳？

宋思湄氣唬唬地轉身想走，卻被人捉住了一隻手臂。「湄姨，你怎麼啦？為什麼不進來嘛？」

那是萬以莘。一頭長長的中分直髮遮住了半張臉。雖然在幽暗的光線中，還是可以看得出她的眼皮上塗了藍藍綠綠的眼影，還貼了黑鋼絲似的假睫毛，兩隻大眼睛骨碌骨碌地轉動著，看了好不怕人！身上是一套閃亮的十彩大花褲裝，渾身上下花團錦簇的，看得人眼花撩亂，就像一條光滑美麗的花蛇。胸前還懸垂著好幾串奇形怪狀的珠鍊，長長的垂到大腿上。

把萬以莘從頭到腳看了兩遍，宋思湄這才瞇著眼睛問：「以莘，這是怎麼一回事？你打扮成這個怪樣子，而你們的家又變了模樣。我還以為按錯了別人的門鈴哩！」

「湄姨！快進來參加！我們在舉行生日舞會，馬上就要開始了。」萬以莘把她一把拉了進去，把大門關上。

「生日舞會？誰生日呀？」

「我嘛！人家今天二十歲了呀！」

「你舉行生日舞會，我這個不舞之鶴的阿姨幹嘛要參加？以莘，你媽媽呢？」忽然陷入這幽暗而吵雜的環境中，宋思湄竟然有點害怕。她緊緊地抓著以莘的手，生怕她把自己一個人丟在這裡。

「我媽媽和爸爸都出去了，他們說要讓我們盡情的玩。湄姨，你坐呀！」以莘把她按在一張沙發上。沙發還熱熱的，顯然剛剛有人坐過，也顯然是有人讓座給她。

「你媽媽不在，我在這裡幹什麼？以莘，你湄姨還沒有帶生日禮物給你哩！我現在去買好不好？」四周黑暗中的笑語聲是那麼年輕，這使得宋思湄愈來愈覺得自己坐在那裡太不調和。

「不要嘛！湄姨。我不要禮物，只要你坐在這裡。你既然來了，就是我們今晚的貴賓。」以莘用勁地按住她的雙肩，使她無法站起來，她是看著以莘長大的，以莘有權這樣撒嬌。「湄姨，你是個畫家，幹嘛這樣不瀟灑嘛？你看我們跳舞，說不定會得到靈感哩！」

說到這裡，喧鬧的音樂聲忽然響了起來。宋思湄只知道這是時下流行的熱門音樂，卻不知道是什麼曲子，也不知道是什麼人唱的。只聽見喇叭、鑼、鼓的響聲混成一片，還夾雜著男人扯著喉嚨在嘶喚吼叫。在萬家客廳裡幽暗燈光下的幢幢人影，起初是拍著手，一面還用腳在打拍子，漸漸地，就捉對兒隨著拍子弓著腰彎著背的把全身扭動起來。

在黑暗中，沒有人注意到她，這使得宋思湄有了很大的安全感。音樂一響起的時候，以莘就失踪了。宋思湄獨自坐在那張深深的沙發上（這也使她有了安全感），看著這年輕的一代在模仿著西方人的瘋狂的動作，她從來不曾置身這種場合中，這種環境對她是陌生的。她雖然一向憎恨這種鬼吼一般的音樂；但是，她此刻的情緒卻是迷惑、昏亂、好奇多於憎厭。

晦暗的燈光、迷濛的煙霧、渾身活力而裝束怪異的年輕人（現在，她的視力已漸漸習慣黑暗了），世紀末的音樂……這忽然給予她一種感受。她想起了梵谷那一幅以彈子房為背景的名畫，梵谷能夠把彈子房內的情景用畫筆賦予生命，我為什麼不能夠把一個小型的生日舞會用油彩表現出來？

宋思湄把身體靠在椅背上，瞇著眼，極力想捕捉著這些跳動著的形體和神秘的氣氛，但是，她手中沒有紙筆，就算有紙筆，在這昏暗的光線中她也不能夠作畫。吵鬧的音樂使她感到煩躁不安。我坐在這裡幹嘛？這是年輕人的聚會，以莘的父母都躲到外面去了，我這個阿姨為什麼要在這裡礙事？以莘生日，我又沒有帶禮物來，多難為情啊！她想偷偷溜出去。可是，客廳裡是這樣擠，跳舞的人又在那裡晃來晃去的，把出路都堵住，她根本沒辦法走到門口。算了，還是等到燈光亮起來再說吧！

但是燈光一直沒有亮，音樂也一直沒有停止。宋思湄坐著，坐著，當她的耳膜因為聽多了這些吵鬧的音樂而漸漸有點麻木時，她的眼皮也沉重得快要睡著了。在朦朧中，她忽然覺得自己的處境很可笑，我——宋思湄，這個脾氣古怪、性情頑固的老小姐，從來不跳舞、不抽煙、不喝酒、不賭博的好好小姐，怎會居然坐在一個喧鬧的舞會中的？

是啊！你，宋思湄，你雖然生長在洋場十里的上海，進的又是教會學校；可是，你不是最痛恨人家跳交際舞的嗎？上高中的時候，同學們全都學會當時流行的慢四步了，就只有你不會。還記得嗎？那次陸美美過十八歲生日（啊！又是一個生日會——少年人的生日會），請同學們到她家裡去玩。你到得最早，陸美美正抱著吉他在彈。她去拿了一具烏克麗麗給你，叫你替她伴奏，她教你，只要反覆地彈出兩個簡單的音符就行。但是，對這具小小的簡單的樂器，你居然學不會。你這個只懂得讀書的書呆子啊，真是個不會玩的可憐蟲！打從初中時代開始，你就是個落伍者。同學們拉你去學游泳，你因為不敢穿游泳衣，一次都沒有下過水。同學們學溜冰、學騎車，你也因為怕摔跤而學不會。你從那個時候到現在，就是徹頭徹尾的土包子啊！那天，在陸美美的家裡，吃完了飯，同學們又好玩地跳起舞來。你不會跳，有人教你；但是，你老是跳錯，老是把腳踩到別人的腳上。於是，你一氣之下就放棄了。

不錯，那是我有生以來唯一跳過的幾步交際舞，不過，那只是在同學家裡，而且參加的是清一色的女同學。以後，她參加過幾次同學們的婚禮，酒後一律都有舞會。不知怎的，她看見本國的男女摟抱在一起蓬拆，老是感到肉麻，於是，她對交際舞也愈來愈痛恨。有一次，在一個飯後的舞會中，有一個不認識的男士來請她跳，她居然板著臉對那個人瞪白眼，嚇得那個男士逃避不迭。

為什麼一定要跳舞呢？她恨恨地想。人家西洋人有那麼多的長處不去學，幹嘛就單學這種無聊的玩藝兒？她也不明白，為什麼人人都懂得這個玩藝？有一次她到姑媽家裡去玩，她那兩個看來斯斯文文，而又土里土氣的表姐妹，扭開收音機，在〈香檳酒，滿場飛〉這首鄙俗不堪的流行歌聲中，兩個人就並排站在客廳中，扭腰踢腿的跳了起來。這使得她大為驚語，也使她頑強地加深了「你們人人都跳舞，我偏偏不跳」的想法。同時也是她對異性始終抱著厭惡的態度的種因。

其實，她對跳舞並非完全痛恨，她痛恨的只是交際舞。她對宮廷裡面中規中矩、文雅高尚的小步舞；飄飄欲仙的快華爾滋；拙樸的方塊舞；活潑的土風舞；凌波仙子似的芭蕾舞都很好感。她看《野宴》那部電影時，對威廉荷頓和金露華合跳的欲拒還迎、而又帶點野性的恰恰舞也覺得蠻不錯。有時，她甚至覺得那種一拉一扯、圓裙飛舞的搖滾舞也很適合於年輕男女發洩過剩的精力。她所不能忍受的只是近年流行那些惡形惡狀、怪聲怪叫、模仿非洲土人舞蹈的原始式舞步而已。

我怎會坐在這種使人噁心的舞會裡面的？是的，我必須走了，我不能忍受下去了，以莘不會怪我的，她根本就不在乎我是否在這裡，本來我也只不過是一個不速之客嘛！她站起來，試著要在那些人不在意時溜出去；可是，就在這一剎那，燈光亮了，她立刻像做錯了事似的，又坐下去。同時，音樂也變了，變得柔和而悅耳起來。她覺得它似曾相識，啊！是的，是多年前流行過的，名字好像是叫「Changing partner」。她雖然不跳舞，也並不欣賞這一類的熱門音樂；不過，這一首她倒是熟悉而不討厭的，因為它有一點點傷感的味道。她記得：這還是以莘的母親向她介紹的。以莘的母親是屬於喜愛輕音樂的人，當時，她還向她介紹了另外一首名叫Tennessee Waltz的。她聽了覺得還不錯。不過，也只是不錯而已。這些為跳舞而作的小曲子，怎比得上正宗的古典音樂呢？如今，以莘這孩子也在放這首舞曲，大概是受了她母親的影響吧？

年輕的人兒又在捉對兒的跳舞了。現在，他們的身體只是輕柔地左右擺動著，姿勢比起剛才的文雅而美妙得多了。她看著、聽著，竟然不自覺地有點陶醉起來。她閉著眼睛，用手指在扶手上輕輕打著拍子，腳雖然沒有動，整個身體卻有著飄飄然的感覺。

「湄姨，我來給你介紹一位朋友。」不知什麼時候，貼著黑鋼絲般的假睫毛，穿著一身奇裝異服的萬以莘已站在她面前。

隨著睜開的眼睛，宋思湄看見一個身體瘦長得像竹竿一樣的外國男人站在萬以莘的旁邊。那個人有著一頭像稻草般的亂髮，留著黃褐色的絡腮鬍子，眼珠的顏色淺至若無。身上穿著一件紅藍格子的短袖香港衫，下面是一條已經洗得發白的牛仔褲。

她張開嘴，說不出話來。二十幾年沒開口說過英語，以莘是不是存心要她出洋相？而且，這個傢伙的長相……

「湄姨，這位是白倫德先生，他在我們學校裡研究中文，國語說得呱呱叫。」萬以莘笑瞇瞇地說。

「宋小姐，您好？我可以請您跟我跳舞嗎？」白倫德的國語果然說得很標準，只是略帶點洋腔。他向她微微弓著身子，右臂放在胸前，就像電影中那些文雅的紳士一樣。雖然這文雅的舉動與他的外形一點也不相襯。

「啊！我——我不會跳舞。以莘，你難道不知道？」宋思湄急得全身發熱。但是，啊！她又想到了那些高尚舞會中的邀舞，她體內的另一個她，似已脫離軀殼，隨著這首輕快而略帶傷感的音樂，在另外一個無人的大廳中翩翩起舞。

「湄姨，不要這樣嘛！這張唱片是我特別為你放的。這不是你們那個時代的流行舞曲嗎？」萬以莘扯著她的手，撒著嬌。

「啊！啊！我真的不會跳。」她的三魂六魄被扯了回來，心不在焉地回答。

「宋小姐，真的，萬以莘是特地為我們放這張唱片的。這是屬於我們那個時代的音樂。」白倫德說。

宋思湄錯愕地仰望著白倫德，她剛才並沒有注意到他的年齡，她想他是萬以莘的同學，當然是二十左右的青年人囉！現在，他口口聲聲「我們」，於是，她留意看了看他的臉，從他眼邊的皺紋，從他濃密的鬍子，她相信他已有三十多歲。不錯，〈交換舞伴〉和〈田納西圓舞曲〉是屬於他的時代的。但是，我的時代呢？那該是〈香檳酒，滿場飛〉、「Tea for Two」和「Smoke in your eyes」啊！忽然間，她很為自己記憶力之強而感到驚訝。她從來不跳舞，可是卻記得那些二三十年前的舞曲的名字，寧非怪事？

「白先生，對不起，我真的不會跳舞，我一步也不會跳。」她誠懇地對那個高個子洋人說。

「那麼，我們談談吧！萬以莘說你是一位畫家，老實說，我也不怎麼喜歡跳舞哩！」白倫德說著，就不客氣地在她旁邊坐了下來。使她更窘的是，萬以莘也被一個男孩請去跳舞了，她已完全孤立。

談什麼好呢？她從來不曾跟陌生的男人談過，更不曾跟外國人談過。現在，要她跟認識了才幾分鐘的白倫德聊天，其困擾簡直等於要她跳舞啊！她假裝在欣賞那一對對陶醉在擁舞中的男女。但是，不用看鏡子，她也知道自己臉上的肌肉很僵硬。

「宋小姐，你畫的是中國畫還是西洋畫？」白倫德先開了口。

「我畫西洋畫。」她把頭稍稍轉向白倫德，不過她並沒有看他。

「啊！是現代畫？」白倫德又問。

「我正朝這條路上走。」她簡短地回答。她覺得：這個傢伙雖然有著「打破砂鍋問到底」的習慣，倒也不算門外漢。

「真的嗎？」白倫德的聲音有著太多的驚奇。「宋小姐，我本來也是只喜歡印象派的，現在，我對抽象派的畫也漸漸欣賞了。宋小姐，什麼時候我來看看你的作品好嗎？」

宋思湄轉過頭去，大大方方地望進白倫德的眼裡。他那雙淺色的瞳仁清澈得像兩顆透明的水晶彈珠，那裡面閃耀著天真和期待的表情，留著絡腮鬍子的臉也露出了無邪的神色。假使是在二十年前，我會答應你的。宋思湄把已經放鬆了肌肉的臉孔一繃，又把頭別轉了。「對不起，白先生，我的畫畫得還不夠好，目前還不能給人家看。」

「他們那個時代的舞曲」放完了，七十年代的瘋狂的舞曲又驚天動地的響了起來。趁著燈光暗下來的時候，宋思湄抓起了身旁的皮包，匆匆向愣坐一旁的白倫德大聲說：「白先生，對不起，我先走了。」在黑暗中，她衝過那些在狂舞中的孩子，衝出震耳欲聾的樂聲，走到門外。她知道，假使她在那個舞會中再待下去，她將無法尋回她的自我了。

《人間・副刊》

某一年的十二月八日

她從來不曾想像到，也從來不曾體會過：三十年的歲月會逝去得這樣快，似乎那只是指顧間的事。當然，在她這一生中，也還沒有過過第二個三十年。

這個意念的發生是很奇怪很突然的。多少年來，她對這個日子的悲痛意義已經漸漸淡忘，今天怎麼忽然又興起這種切膚、甚至椎心之痛呢？是因為三十是個相當大的整數嗎？雖然這個日子已過去了好一陣子了，她還是悲痛得想用白布寫上「失學三十週年紀念」這八個斗大的黑字，到街上去遊行一番，對那些害了她半輩子的死去的戰閥們的鬼魂，作無言的抗議。

祝文英這個感覺恐怕很難喚起別人的共鳴。失學之痛，應該是那些十幾二十歲的少年人才會有的；而她，跟他們已是隔著遙遠的三十年，怎會還有這種感覺的呢？說出來真是難以令人相信啊！也許我是與眾不同，我出生於書香門第，我是個讀書種子。以我這種性格，應該要當一名女教授，起碼也應該是個教書先生才對。然而，我現在是個什麼呢？一個沒有任何身份的家庭主婦，一個給人家綉鞋面的女工，一個在老同學面前會感到自卑的小人物啊！忽然間又想起了這個日子是很偶然的。是十二月下旬了，她綉好了一批鞋面，送到店裡去。回家的時候，因為天氣很好，她就安步當車，慢慢走回去。走著走著，那太和暖的冬陽曬在身上竟然有點熱。她用手帕輕輕拭著額上的汗珠，在心裡想，早就是冬天了，怎會這樣熱的？不過，這種冬天裡的夏天，在寶島上也是常有的事，並不稀奇。就像那一年——就這樣，像被針刺了一下似的，她想到了那個日子——十二月八日，那個影響了她一生的命運的不祥的日子。她是在三十年前這一天被無情的戰火逐出校門的。但是，很奇怪地，在二十年前的同一天，又發生了一件相關的、不愉快的事。

那一天，跟今天一樣暖和，在冬天裡，她穿著一件短袖的旗袍，懷著忐忑不安的心情去應徵一份文書工作。她的丈夫因為生病，失業在家已有一年多。兩個孩子，一個剛進小學；另外一個，因為沒有錢進幼稚園，一天到晚跟著鄰居的孩子到處去野，害得她終日提心吊膽。她，祝文英，靠著從大陸帶出來的一點點積蓄，勉勉強強地維持著這個家，目前，已到了山窮水盡的地步。由於沒有人事背景，而自己也沒有特別的專長，她到處奔走了一年，都沒有辦法找到工作。今天這個機會，是她從報上看到的，沒有年齡和學歷的限制，只要文筆通順，書法端正就行。她在學校時原來就有「小文豪」的綽號，她的字又是同學們公認是寫得最好的。這應該沒有什麼問題吧？她小心翼翼地剪下那一小塊分類廣告，又小心翼翼地放進皮包裡，彷彿那是一個瀕臨滅頂的人所抓到的一片木板。

那只是一家小小的私人機構。她按址走進去，小小的辦公廳裡面只有一個職員和一個工友坐在那裡。她陪著笑問那個職員：「先生，請問你們這裡是要招請文書嗎？」

那個又乾又瘦的中年男人露出了一口黃色的煙牙，似笑非笑地衝著她點點頭，又把她從頭到腳的打量了一遍，這才慢吞吞地說：「你的履歷片和自傳都帶來了沒有？」

「都帶來了。」她從皮包裡把她花了一夜工夫用簪花小楷寫出來的一份履歷和自傳，恭恭敬敬地遞了上去。

那個人架起老花眼鏡隨隨便便翻閱了一下，又摘下眼鏡，朝著她再打量一遍，用很低沉的聲音說：「你的字寫得不錯。不過，你大學沒有唸完？」

她的心往下一沉。又來了，過去多少次機會都是因為她沒有大學文憑而失去，這裡本來沒有限制學歷的，怎麼也這樣問呢？

「沒有。那是因為戰事的關係。」她有點愧赧的說。雖則那是戰閥害她的，並不是她的過錯。

那個人又再打量她一次。這一次，她生氣了。她把臉別向窗外，頭也昂了起來。你儘管打量吧！是的，我並不十分年輕，也不漂亮，我的打扮更不入時。但是，我的字寫得好，我有著足夠當一名文書的能力。你要的到底是一個供裝飾用的花瓶還是一個能幹的助手呢？

「祝小姐，」那個人終於開口了，露出了兩排焦黃的煙牙。「你的條件很不錯。不過，可惜你來遲了一步。就在你的前面，有一位剛剛大學畢業的小姐來應徵。可能她的字寫得沒有你的好，不過她的學歷比你高，也比你年輕。我們已經錄用她了。你看，這就是她的履歷。」

彷彿是為了取信於她似的，那個人把一份履歷拿出來給她看。纖細的筆跡，顯得有點幼稚；但是，附貼的那張照片，卻是個相當俊俏的女孩子，還戴著學士帽哪！喝！T大中文系的畢業生，才廿二歲。集年輕、貌美與「有學問」於一身，又怎怪她鰲頭高佔？不，我一點也不忌妒她。氣人的是，他們既然已經找到人了，還找我窮開心一番幹嘛？

「啊！沒有關係！」憋著一肚子的辛酸與悶氣，她極力的裝出淡然的樣子，伸手要取回她的履歷與自傳。

「祝小姐，對不起！你這些資料還是留下來吧？說不定以後我們還會借重你。」那個人用手按著她的履歷和自傳，一隻指甲裡藏滿汙垢的手指頭剛好壓在她的照片上，使她感到一陣噁心。她很想不禮貌地把這兩張紙搶回來，然後拂袖出去，也好出出這口悶氣。不過，一線渺茫的希望，又使得她沒有這樣做。

垂著頭走出那間小小而破舊的辦公廳。又是一次希望的幻滅，千篇一律的「以後有機會我們再通知你」，已經記不清這是她第幾次碰壁了。她知道，她下半生的命運很可能，就為了沒有那一紙文憑而決定。

太陽和暖得出奇，她惘惘地走在熱鬧的街頭，心中卻感到一陣冰冷。兩個手中抱著一疊洋書的大學女生從她身邊走過，拋下了一串銀鈴般的笑語聲。她忽然覺得自己已經很老了，雖然還不到三十歲，但是她已有了遲暮的悲哀。三十歲到底算是老還是年輕呢？有些人因為在本行中很「傑出」，即使四十歲了，還可以被稱為青年。不過，像她這樣一個庸庸碌碌的家庭主婦，一個青春已經逝去的三十歲女人，無論在身心兩方面，都是在悄悄老去了。

我怎會是個庸庸碌碌的家庭主婦呢？在十年前，她對家庭主婦這個頭銜是如何的鄙視啊！早在她梳著兩條小辮子，躲在父親的書房中，似懂非懂地翻遍了一本又一本的線裝書時，她就決心要做曹大家或者李清照第二。小學還沒有畢業，她就寫過一兩百首舊詩詞，也寫得一手簪花小楷。父親對這個女兒得意極了。每逢有親友到家裡來坐，一定要拿出她的作品來展覽一番，然後撫著她的頭，笑呵呵地說：「這是我家的掃眉才子、不櫛進士啊！」的確，那個時候，很多人都知道祝家有個才女。

為了栽培這個才女，父親從小學到大學，都是把她送到第一流的學校裡去唸書，而她在學校裡的成績也總是名列前茅，沒有辜負她才女的美譽。

假使不是有了那一天，現在的她會是什麼樣子呢？她一定是順利地畢了業，也許還會出國去深造，她一定是在大學裡教國文。即使不能成為曹大家或李清照第二，起碼也是個傳道解惑的教師，怎會變成一個整天在搖籃和廚房之間打轉的庸俗家庭主婦的？

她相信，她到死也不會忘記那一天的——那一年的十二月八日。在香港。十九歲，青春閃耀在她的黑髮和粉頰上。那天，假如沒有記錯的話，該是星期一，第一節就是體育課。她和她的同學們，穿著白色的球衣和白色運動長褲，在加路連山球場跑百米。忽然間，就像撞車或失火等任何一類意外事件的發生一樣，那噩耗就突然傳來了。體育老師向大家宣布：日本飛機轟炸珍珠港，太平洋戰爭爆發，學校要停課了。戰爭可怕，失學也可怕；但是，那時的她太年輕，年輕得還不懂得為將來憂慮。在一陣驚惶之後，又怎會想到那就是她一生中最後的一課？穿著白色球衣和白色長運動褲活躍在加路連山的綠草地上的倩影，也成為心版上永遠的回憶？

事實上，這場戰火不但毀滅了她的學生生活，使她才進大學之門又被摒逐於門外；同時，也摧毀了她早年的幸福生涯。一連串的逃難歲月，從香港而澳門，而都城，而桂林，而貴陽和重慶；父親的生病和失業；使得身為長女的她，不期而然的，就挑起了家的重擔——雙親加上弟妹六人，九個人的生活擔子。生活的擔子愈重，離開學校愈久，她失學的悲哀也愈深。她的同學們，幾乎一個個都到大後方去復學了（她們沒有家庭負擔啊！），她卻是每到一個地方就得為職業而奔波。還好，那個時候謀職也不一定需要大學文憑：她在職業之途上非常順利，倒很少為飯碗發愁。但是，刻板式的辦公廳生涯一開始就使她感到厭倦。她往往對那些頭髮已經花白的同事們的「敬業」精神感到驚訝不解；他們怎能夠忍受這麼多年的？如今，她卻透透澈澈的明白了：這就是人生，就是生活啊！為了活下去，你只好「敬業」。幹一行怨一行，世界上有幾人對自己的工作滿意的呢？還不是得幹下去？

到如今，她還在怨恨造物者的安排不夠公平。戰後，她那些成績平平的同學一個個戴上方帽子畢業了；而她，就在她應該大學畢業的那一年，糊裡糊塗地變成了別人的妻子。新婚是歡樂的，可是，每當她碰到那些依然驕傲地擁有小姐身份的同學時，又不免為自己的早婚而感到後悔與慚愧。等到有了孩子以後，更是覺得自己的一生似乎已經定型，這一輩子她似乎只能當一個庸碌的家庭主婦。這是咎由自取的，誰叫你走上這條路呢？

更不幸的是，她又遭遇到另外一場戰爭。這場戰爭使她和她的小家庭渡海來到寶島，同時也使她的丈夫走上她父親當年的命運——生病和失業。三年了，她沒有過過一天好日子，她覺得自己像是在一道不見天日的深坑裡掙扎著。不到十年的歲月，她的身份已由大學生，而辦公廳女職員，而家庭主婦，而變為貧婦。當年那些曾經使她埋頭其中的楚辭、漢賦、唐詩、宋詞；還有沙劇、英詩，以及無數的名著小說，如今都到那裡去了？她，當年的才女與小詩人，如今還能寫得出一句詩嗎？她，一個拖著一個病夫和一雙稚齡子女的貧婦，唯一的慾望只是求生存啊！求生，這原來是所有有生命的東西最原始的本能呀！

記得：那天她拖著無力的腳步回到家裡，皮包中只剩下一兩天的菜錢了。患病的丈夫厭厭地靠在床上睜著一雙失神的眼睛望著她，希望她帶回來好消息。兩個孩子在榻榻米上哭鬧打滾，兩張小臉上沾滿了眼淚和鼻涕。唯一的一張桌子上擱著一封她的信。她的心一陣狂跳，是不是有什麼好消息來了？拆開一看，卻原來是同學會的開會通知。來臺以後，她陸續碰到一些舊同學，也自自然然的成為她母校留臺同學會的會員。那些當年被她認為成績平平，無甚出息的同學，如今一個個都已出人頭地。她們之間，有最年輕的中央級民意代表；有大學裡的講師（今天卻已是教授了）；有嶄露頭角的女作家；有洋機關中的女秘書；有中學教員；也有嫁了有錢丈夫的闊太太。唯有她，一個平平庸庸的家庭主婦；不，一個貧婦。混在這些上流社會的貴婦人中，恐怕再瀟灑的人也會感到自卑吧？真是「同學少年多不賤，五陵裘馬自輕肥」。而她，卻是「冠蓋滿京華，斯人獨憔悴」啊！

她把那份通知撕破了。何必再去出洋相？她跟她們已是屬於兩個社會的人。

二十年前的十二月八日，是她這一生中最後一次去求職的日子（三十年前上的最後的一課）。以後，她雖然並沒有放棄希望，仍然天天密切注意人事小廣告；（一個既沒有人事背景而又不屑於去求人的，除了這個辦法，還有什麼路好走呢？）但是，她一直沒有遇到合適的機會。沒有大學文憑是一個原因，已經結了婚而又不太年輕也是一個原因。雖然如此，她還是把這個家維持下去，正像她當年挑起雙親和弟妹那個九口之家一樣。

在求生慾的驅使下，她終於毅然地放棄了士大夫階級的身份，既然她的一枝筆無法作為謀生的工具，那麼，為什麼不利用一雙手呢？那個時候，很多家庭主婦都從事副業以開拓家庭的收入，她們養鷄、養鳥、織毛衣、縫布邊、綉學號、織髮網……代價雖微，但是辛勤所得，對家計卻不無小補。她，這個曾經擁有才女頭街、書呆子氣十足、自命不同凡俗的人，對這類不需要用頭腦的謀生之道根本從來沒有考慮過；此刻，到了山窮水盡的關頭，卻忽然心動。

鄰居有一位太太，一向以替那些綉花鞋店綉鞋面為副業，她知道了祝文英的處境，便勸她也領一些來綉。祝文英一想：對呀！自己對女紅雖不精，綉花倒是很在行的。從前唸中學的時候，上勞作課時所綉的枕頭、桌巾之類，不都是八九十分的嗎？如今到了這個地步，除了還沒有勇氣拋頭露面去做小買賣或者為人幫傭以外，在自己家裡，在家事之餘，當一名綉鞋面的女工又有什麼委屈呢？就這樣，她開始了綉花鞋的生涯。

憑著她能寫一筆簪花小楷，還學過畫花卉的根柢，憑著她的慧心和巧手，祝文英綉出來的鞋面多少總是與眾不同。懂得的人會說那另有一股清新脫俗的氣質，不懂的人也說這種花樣很不錯。就這樣，她綉出來的鞋面大受歡迎；就這樣，靠著她在服侍病夫、帶孩子、燒飯、洗衣的餘暇一針一針綉出來的鞋面、手提包、披肩、旗袍、靠墊等等，從此改善了她這個小家庭的生活。

幾年以後，她的丈夫病好了，也找到了工作。二十年來她的一雙兒女也由小學、中學而完成了大學教育。現在，她的大兒子已申請到外國的獎學金出國深造。學文的女兒很孝順，不肯離開父母。她在一家美國商行當英文秘書，每月有很優厚的薪水，但是她都把大部分交給了母親。

好幾年前，當她的丈夫有了職業，家庭經濟稍稍安定以後，她的丈夫就對她說：「文英，現在我有了固定收入了，你辛苦了多年，就歇歇吧！不要再去綉這些鞋面啦！」

「那怎麼行？我們的經濟基礎太差了，趁著我還沒老，多賺兩個錢不好嗎？」她笑著搖搖頭拒絕了丈夫的好意。

這兩年，她的兒女長大能賺錢了，也都這樣勸她：「媽，您不要再做啦！您真會把眼睛弄壞的。我們現在可以供養您和爸爸了嘛！」

「乖孩子，沒有關係的。媽對這件工作很有興趣，不會累倒的。我現在又不用趕時間的做，只不過像是消遣一樣的隨便綉著玩。這有什麼不好呢？」她也拒絕了孩子們的好意。

最會體貼母親的女兒也曾勸過她進入大學夜間部，把學分修完，取得畢業文憑，以了卻一生的心願。在十幾年前，那時，夜間部剛剛成立，她的確有過這個念頭。不過，那時一則她拿不出那筆學費；二則夫病子幼，也抽不出時間。如今，錢有了，時間也有了，她對那一紙文憑也看破了。近年來，我國的高等教育在蓬勃的發展，大學生人數激增。但是，正由於大學畢業生太多了，他們的身份反而不如以前的吃香。留洋的博士和碩士找不到工作的也算不了怎麼一回事；頂著學士頭銜的去當歌星、舞女，甚至做騙子的也並不稀奇。自己一大把年紀，就算拿到了一紙文憑（現在這一紙文憑跟她以前日夜苦思的母校文憑，在份量上差得太遠了），又有什麼用處？何況，書是為自己而唸的，何苦為了那個學士虛名而勉強去修一些自己沒有興趣的學科？於是，她又一次的拒絕了女兒的好意。

她走著，想著，忽然間，她發覺二十年前去應徵的那家私人機構就在前面一條馬路上。那公司還在嗎？那位幸運的美麗的秘書小姐還在嗎？她忽然間有著想再去看看的衝動。跨過一條馬路，她發現這一個地區還是老樣子。儘管臺北市在二十年來已不知變了多少，奇怪，這一帶還是依然故我，當然，那些低矮的兩層房屋是愈來愈破舊了。她還認得那家小小的貿易公司，她匆匆走過去，不知怎的，心頭居然突突地在跳著。玻璃大門敞開著，面向大街坐著的，竟然還是那個又乾又瘦的男人，他還是那副樣子，二十年的歲月對他似乎沒有留下什麼痕跡。旁邊坐著個綺年玉貌的女職員。怎麼？她也還是這樣年輕？祝文英站在貿易公司的門口，有意無意地向裡面張望著。然後，她不禁又失笑了。怎可能呢？當年那位年輕的女秘書，今天已是四十開外的中年太太；（你忘記了嗎？女人的青春是多麼短暫！）這個女孩子怎可能是她呢？

走吧！看什麼呢？這裡只不過是你生命旅程中的一段雪泥鴻爪，原來就是沒有什麼意義的。要是能夠到加路連山球場去「憑吊」一番，那才夠蕩氣迴腸呵！啊！三十年前的加路連山球場，那一年的十二月八日，但願我能夠忘記你！

她急步離去。在跨過馬路時，一陣狂風，一陣陰霾，陽光突然消失，氣溫突降，她冷得連連打了兩個寒噤。冬天到底是冬天，偶然的溫暖，只是反常的現象而已。她知道有一天她會忘記這個日子的，這些年來，不是已經淡忘了嗎？今天，只是由於天氣的反常，才引起她的隱痛罷了！十年以後的想法大約就會不同。她知道，十年以後的人生，又將是一番不同的境界。

《人間・副刊》

溝的兩邊

憶篁發現她的兒子變了。到底是從什麼時候開始變的，她無法知曉。大概是自從退伍回來以後吧？不，她清楚地記得，那幾天他跟她還有說有笑的，他要求她做紅燒蹄膀給他吃，又告訴她他有一個同事曾經上過她的課，而且稱讚她是一位好老師。說那些話的時候，他還是她的好兒子望淞呀！

那麼，他是從什麼時候開始變的呢？憶篁窮搜記憶，這才猛然發覺。對了，望淞是自從加班那天開始變的。自從那天加班到深夜回來以後，他就變得沉默寡言。在家裡的時候老是皺著眉頭，難得開一次口。跟以往的活潑、風趣，以及喜歡開玩笑，完全判若兩人。

起初，她以為他也許是因為工作太累的關係，也沒有在意。後來，她發現他的沉默似乎只是對她而發，他對他爸爸，對他的妹妹望湘卻依然有說有笑。她發覺有很多次，他們父子三人在說話，她一走過去，望淞便住了嘴，甚至走開。一家人坐在一起時，要是她開口說話，望淞便從來不答腔。往常，晚上的電視影集播映時，一家人必定圍坐觀賞，現在，只要憶篁在座，望淞便躲在房間裡，從不參加。

如此，觀察了一兩個星期，憶篁的懷疑便證實了。望淞不是變了，而是在跟他的母親鬧彆扭。令憶篁不解的是，他到底是為了什麼事情生她的氣呢？最近，她不但不曾罵過他，甚至沒有說過他一句重話呀！

望淞從小就是個好孩子。他聰明、乖巧而聽話，學業成績也很好，從來就沒有讓父母操心過，憶篁也一直以有這樣一個理想的兒子而自傲。但是，現在他怎麼會變成這樣呢？是在外面遇到了什麼不如意的事嗎？要不然，會不會是在戀愛中呢？在戀愛中的人往往是喜怒無常的。兒子對她的冷淡，憶篁一直在忍受著。她假裝不知道，仍然照常的跟他說話，照料他的起居。她希望，這只是暫時的現象，等他那股不知道什麼名堂的悶氣消失了，她們又是一對無所不談的親暱的母子。

然而，希望只是希望，它似乎再也不能實現。一個星期、半個月、一個月過去了，望淞的態度依然未變，他不是不跟憶篁講話，但是卻避免跟她說話，避免跟她單獨相對。已經不知道有多久他沒有稱她媽媽（這個稱謂，聽起來有多甜蜜啊！）。他跟她所說的話，都是最簡短的，譬如：「我吃飽了。」「我洗過澡了。」「我明天就去理髮。」……等等不得不回答的話罷了。

這時，憶篁才不得不承認這個事實，兒子是在跟自己嘔氣。可是啊！到底是為了什麼，一個一向聽話的乖孩子竟然變成了不認母親的逆子呢？她覺得自己的神經快要崩潰了。望淞難道要永遠這樣跟她冷戰下去？要跟她永遠做住在一個屋頂下的陌生人？不，這樣不明不白地被折磨著是無法忍受的，她真是寧願兒子跟她大吵一場。

在這個時期，她又發現兒子跟他的父親和妹妹都特別親熱，好像故意做給她看似的。讀過心理學的憶篁忽然悟出一個道理。她想：年輕人比較了解年輕人的心理，我是當局者迷，何不向女兒求教呢？也許她這個旁觀者會看出端倪來呀！

「望湘，我發現你哥哥近來對我很冷淡，甚至很少跟我說話。你知道是什麼原因嗎？」憶篁在不得已的情況下，只好向女兒下問。

「我倒看不出哥哥有什麼不對勁。不過，媽媽，你是不是把哥哥管得太緊呢？他已經出來做事了，你還要管他穿衣服、理頭髮。」

憶篁默然了。女兒的話是對的，自己對兒子也的確管得過份了。不過，這該不是理由吧？她管他已管了二十三年，他一向也沒有表示不滿，怎會一下子就氣得連話都不願意跟她說呢？不，一定還有別的原因。

她把兒子的事告訴她的丈夫偉寧，要他去問問看。偉寧卻說她神經過敏。他說：假使望淞並不是對你有了什麼芥蒂，我這樣去問他，豈非暗示他將來如果對父母有所不滿，都可以用

「不說話」來抗議嗎？她想想這也不無道理，也就只好作罷。只是，橫亙她心中的陰影愈來愈大，她直覺到她已失去了她的兒子。由於這種心理，她竟然也不大敢跟望淞說話。

有一個早上，一家人都在飯廳裡吃早餐。偉寧最先吃完，到臥房裡去穿上衣，準備去上班。望淞接著也吃完，他站起身來，在出門之前用一種隨隨便便的語氣說：「爸爸，我今天晚上不回來吃飯。」

「爸爸」兩個字望淞說得很含糊很不清楚。偉寧在房間裡沒有聽清楚，以為他是在跟他母親說話，所以沒有答應。但是，憶篁卻聽得見，心裡很不是味道；不過，望淞明明是衝著他父親說的，她當然也不答腔。

望淞看見沒有人回答，又重說一句：「今天晚上我不回來吃飯。」他的聲音是僵硬的，眼睛也沒有望向任何人。

忍耐了一個多月的憶篁忍不住爆發了。她冷冷地問：「你是在跟誰說話？」

「爸爸。」望淞垂著眼皮，有點不好意思地說。

「爸爸在房間裡，你不能告訴我嗎？我問你，你是不是不再把我當母親看待了？你以為我不知道，你已經有一個多月沒有叫我媽媽。到底是為了什麼？你打算從此跟我斷絕母子關係嗎？」憶篁說著，抑制了多時的淚水便像決了堤的洪水似的氾濫起來。

「我怎麼敢？不過，這件事說來話長。現在我要上班去，等我回來再說吧！」望淞的臉繃得很緊，眉頭深深的鎖著。在淚眼模糊中，憶篁不覺為兒子這張臉嚇了一大跳。他從什麼時候開始變成這個樣子的？到底什麼事情使得他這樣憂鬱？原來那個快樂而柔順的青年那裡去了？

「好吧！你先上班去。」這就是了，他不是已經承認了嗎？我並沒有神經過敏啊！他說，說來話長，又是什麼意思呢？憶篁雖然急於知道「謎底」，但是她為了表示自己是個有涵養的母親，也就只好再忍耐一天。她抑制著自己的情緒，勉強說完了這幾句話，就躲進浴室裡，讓眼淚痛痛快快的流了一陣子，然後洗臉整裝，到學校去上課。

對這件事，偉寧沒有加一句評語就去上班，望湘也沒有說什麼。憶篁覺得自己已完全孤立。這一天，她在教室裡一直都無精打采、心不在焉的。只要一想到兒子對自己的態度，就忍不住幾乎要流下淚來。為了掩飾自己紅腫的雙眼，她只好騙同事和學生說是傷風了。

那天晚餐桌上，一家四個人都顯得異常的沉默，頗有點暴風雨前的寧靜那種況味。雖則憶篁並不打算與兒子吵架，她總是直覺到將會有一場不可避免的不愉快。在廚房裡洗碗時，她一直盤算著，讓望淞先開口好呢，還是自己先開口，看望淞那張繃得緊緊的臉，大概不會自動開口的。假使自己先開口的話，又該怎麼說好呢？想不到，一個撫養了二十幾年，本來對自己無所不談的兒子無緣無故地，兩人之間竟橫亙了一道高高的牆，使他成了一個莫測高深的陌生人。

洗過碗，她擦乾手走進望凇的房間裡。望凇正背著門坐在書桌前，桌上攤開一本書。她走到他的床邊坐下。他轉過頭來望了她一下，沒有作聲。

看見兒子的冷漠態度，她不禁生起氣來，一下子就把原來打算要用「最冷靜的態度、最平和的語氣」來跟兒子「談判」的決心忘得一乾二淨。

「怎麼啦？你說呀！」一開始，憶篁就沉不住氣。

「是這樣的。這件事不是一朝一夕發生的，老實說，我已忍耐很久了。」望凇用慢條斯理的語氣回答，彷彿早已成竹在胸。在說話的時候他沒有看著他的母親，眼睛仍然注視著書本。「自從上大學以後，你仍然把我當作不懂事的小孩子看待；你所謂對我的愛，其實只當我是一隻貓一隻狗。我在這個家庭裡，完全沒有地位，沒有自由。你根本忘記了我已經是一個大人。我相信，妹妹一定也有這個感覺，只不過因為她是個女孩子，現在又還不能獨立，所以她沒有表示罷了！」

望凇淡淡的幾句話，像是當頭的棒喝，也像是轟頂的巨雷。聽完以後，憶篁但覺眼前一陣發黑，若不是及時抓緊床沿，真是會倒下去。天啊！世界上還有比這更冤枉的事嗎？我愛我的孩子更重於自己的生命，而他竟認為我只當他是一件寵物。一向，我還以為自己是個多麼成功的母親哩！這一下，可是徹頭徹尾的失敗了。憶篁呀！醒醒吧！這次你可從雲端摔了下來啦！

「望凇，你——你——你真的這樣想？我全心全意的愛了你二十三年，我愛你和望湘更甚於自己的生命，你難道完全不知道？你怎可以一下子就完全否定了我這個做母親的價值？」憶篁喘著氣說。她覺得自己忽然虛弱得很，冷汗也涔涔的沿著額角流了出來。

「我說過這不是一下子的事，它是慢慢形成的。當然，我知道你把我和妹妹撫養成人是很辛苦的；不過，我不能因為要報答你而拋棄了個人的自由和人性的尊嚴。我將來賺夠了錢會用另外一種方式來報答你的。」望淞說話的時候聲調異常鎮靜，而他的頭也始終沒有抬起來過。

「我什麼時候要你拋棄個人的自由和人性的尊嚴過？你說這些話是什麼意思？你中了邪啦？」聽了兒子不遜的話，看著兒子冷漠的態度，憶篁不禁光火起來。她忽然間想起了「憤怒的青年」和The Beat Generation這兩個名詞。她想：望淞的確是中邪了，他一定是新思潮方面的書看得太多，所謂的現代思想充滿了他的腦子，所以，他就盲目地在他自己和母親之間挖了一條深深的代溝。

「你雖然沒有要我拋棄。不過，我從小到大，你樣樣都為我安排得妥妥善善的。如今我退伍回來，你又預先替我把工作找好，甚至連事先徵求我的同意都沒有，我還有什麼個人的自由與人性的尊嚴可言？」

哦！原來為這件事在生氣！那麼，幹嘛不早點說出來呢？憶篁一想到兒子的窩囊與無能，就不禁勃然大怒。

「虧你還敢說出來？假使我不先替你找好，你今天還不是蹲在家裡？你可曾在報上看到過徵求哲學系畢業生的工作？」

「我知道，你就是瞧我不起，你就是嫌我讀的是哲學。讀哲學的人並不見得都餓死，我的同班同學還不是個個都找到工作？有的人還出了國哪！」望淞陡的轉過臉來，滿面鐵青地望著他的母親，嚇得憶篁不敢再開口。

為了避開兒子嚴峻的目光，憶篁把臉別轉過去。進入她眼簾的是牆上一張非常具有時代感的巨幅照片。血紅的色調，裡面是一個黑人歌手、一個喇叭手和一個鼓手。在朦朧光線下，歌手張開了血盆大口；喇叭手鼓著一雙金魚眼；鼓手在奮力敲擊；在這張經過特殊技術沖洗，看來像是剪貼靈的照片裡，三個人都表現出狂野怪異的表情，使人彷彿可以聽得到一陣聒耳的搖滾樂聲。看著這幅望淞退伍回來以後才從書店買回來掛上去的放大照片，憶篁忽然又悟到一個事實：望淞早就蓄意的在向她表示反叛。

記得她第一眼看到這幅照片時，她曾經不滿地對望淞說：「這三個黑人難看極了，你幹嘛還要花錢買回來？」

當時，望淞的臉色就不怎麼好看。「有什麼不好？照得很藝術嘛！」他冷冷地回答。但是，那時的她並不了解兒子內心的感受。現在，她明白了，這就是望淞同她反叛的表示之一。你要我聽古典音樂，我偏要喜歡披頭四和湯姆瓊斯。近來，他不是常常在放那些吵吵鬧鬧的熱門音樂嗎？她曾經問他為何要對古典音樂變節，他也是冷冷地回答：「作為一個現代人，當然也要聽聽現代音樂哪！那些什麼貝多芬、柴可夫斯基之流已經落伍啦！」

我的天！披頭四和湯姆瓊斯這些人鬼吼似的叫聲也算音樂？怪不得有人把一幅白床單割破了幾道裂縫就算是現代畫；有人把一句話分成幾行來排列就變成了現代詩啦！這個孩子患了時代病了，還好，他沒有留長髮和長鬍子，也沒有穿奇裝異服，這證明他還是個有教養的青年。不過，他怎可以用這種態度對待母親呢？

「誰瞧你不起？誰嫌你讀哲學？你胡扯個什麼？」憶篁忍不住又生起氣來。她的視線從牆上落到書架上。一個四層的木製書架，密密麻麻排列著的全是盧梭、叔本華、康德拉、黑格爾，尼采、佛洛伊德、卡繆、卡夫卡、沙特等人的著作，有英文的，也有中文的。她發現：還有幾本新書，那就是近來忽然「流行」起來的有關禪學方面的。憶篁不禁搖搖頭。孩子啊！哲學無害，（我何嘗反對過你讀哲學？）害人的卻是一窩蜂的讀書風氣啊！你信奉存在主義信奉得走火入魔啦！

她的視線又接觸到他放在床頭的兩本小說《愛的故事》和《畢業生》，於是，更加恍然大悟了。這兩本書中的主角，在她們當老師的人心目中都是大逆不道的，但是，一般年輕人卻都喜愛得不得了，把他們當作時代青年的典型。這不是代溝是什麼？天啊？書中這兩個忤逆不孝的美國青年，是你們把我的兒子帶壞的啊！

「你不是瞧我不起，為什麼不先徵求我同意就把我的工作決定了呢？」望淞忽然神經質地叫了起來。

「也是為你好呀！我知道一個哲學系的畢業生不容易找工作，剛好我這個同事家裡要開出版社？需要校對，我就把你介紹給他。總算人家瞧得起我，也信任我兒子的能力，所以馬上就答應了，而你，也一退伍就去上班。這有什麼不好呢？」憶篁巴巴地向兒子解釋著。昏眩的感覺在她的腦海中增長，她覺得全身虛軟無力。

「當然不好，你這樣使得我完全喪失了自信心，也完全失去了自主的人格。你簡直把我當作三歲的孩子。」

「你假如這樣想的話，當初為什麼要接納這份工作呢？」

「我還不是為了你的面子，不好意思拒絕。」望淞的聲調顯得軟弱無力。憶篁安慰地想：我的兒子還是善良的。

「望淞，我很疲倦，今天晚上我不想再談下去了。假使你對我的不滿只是為了這份工作的話，那麼，事情很容易解決，你只要辭職就行。你好好的考慮一下吧！我希望你不要繼續跟我冷戰下去。這樣不但我受不了，而且家中的和諧氣氛也會因此而破壞無遺的。」

憶篁站了起來，蹣跚地走出了兒子的房間。望湘在隔壁房間裡埋頭做功課；偉寧坐在客廳裡，用一份晚報遮住了臉孔。她在兒子的房間裡度過了痛苦的半小時，而她的丈夫卻像個沒事人一樣。這時，她不禁妒忌她的丈夫起來。由於她的能幹，多年來，管教兒女的責任完全落在她一個人身上。望淞兩兄妹，從小到大，飲食起居固然是她管；而他們在功課上有疑難；要錢繳學費；選擇課外書和電影，乃至上大學時的選系等等，全都由她一手包辦。而他們的爸爸，則跟他們始終保持著比較疏遠的關係——一個象徵性的家長，他的作用只是在成績單上蓋章而已。想不到，比較疏遠的父子關係反而保持得好（真是「君子之交淡如水」、「保持距離、以策安全」。）；而她和孩子的過度密切，卻得了今天的惡果！（是「近之則不遜」嗎？）這種反常的情形，大概是心理學家和父母問題專家們始料所不及的吧？

回到自己的房間裡，憶篁欹坐在床上，用一塊手帕蒙著臉，無聲地讓淚水流個痛快。既然丈夫對她和兒子之間的關係不表示關懷；那麼，她也就不向他求助，也不想讓他知道她的痛楚。看來，這件棘手的事情只有由自己一手解決了。

哭著哭著，她漸漸冷靜下來。她知道，自己傷心的主因不是為了失去兒子（她明白，她和望淞的母子關係已不容易恢復。二十幾歲的人已將定型，他的思想不大會改變的了），而是為了自己管教的失敗。她的親友和同事一向都公認她是個標準母親、理想母親；而她一直也都以為自己養了一對佳兒佳女而自鳴得意。怎想得到，這個循規蹈矩的青年，骨子裡卻隱藏了那麼多的叛逆因子。

罷！罷！母子緣份大概已盡了吧？她的淚水又汩汩流個不停。我就當他出了國或者娶了妻子另建小家庭好啦！她強自解說，但是一下子又自己推翻了。出了國還會回來，結了婚也還會時常聯繫。那像我們的形同陌路？他怎能對我的恨意這麼深呢？難道我對他的愛還不夠嗎？我對他們兄妹，除了已盡母親的職責以外，還身兼師友的呀！小時候，為他們說故事；長大後，跟他們一起談小說、談電影、聽音樂、欣賞名畫、猜謎。為了要跟上時代，在思想上不至與他們脫節，她也曾經用他們的「學生術語」跟他們「蓋」少棒；「蓋」存在主義；「蓋」費里尼的《八又二分之一》；「蓋」沙林吉的《麥田捕手》；「蓋」「普普」和「歐普」藝術；而望淞和望湘兄妹也說過「媽媽的常識亂豐富」，「媽媽的話根本不像是一個做了媽媽的人說的」。當時，她也曾因此而沾沾自喜過，自認與子女已打成一片。怎想得到，二十年仍然是一個相當遙遠的距離（是那一位詩人說的：「你我的指尖間隔著冰冷的二十年？」），任你如何努力，還是無法填平那道又深又闊，專門離間世間上父母子女的鴻溝。

憶篁痛心的想：過去二十三年來她和望淞與望湘之間的親切、快樂與融洽，恐怕都已成為歷史陳跡了。在她的一生之中，她認為最得意的事情不是她所教的學生有幾個人在社會上出人頭地，也不是她所負責的班級升學率最高；而是她教養出一對合乎自己理想的子女，而她跟他們之間，又兼了母子與朋友兩種關係。兒子在外面看到一個不合理的現象，會回來向她發牢騷；讀到了一首好詩，會拿給她欣賞。女兒跟同學嘔氣了，媽媽是她第一個哭訴的人；有男孩向她表示好感，也總是羞紅著臉向媽媽告訴。啊！種種說不盡的甜蜜，今後只能在夢寐中去追尋了。女兒雖然還是嬌憨如昔，但誰敢保證她在半年後一年後會不會變呢？把子女教養成一個溫順、聽話、有禮、用功而整潔的青年，該是每一個做父母的人的希望吧？可是，現代的青年們又怎樣想呢？他們會這樣說：「呸！去你的傳統的、陳腐的、落伍的思想！我們可不是一團黏土或者麵粉，可以隨你們去塑造的啊！我們要的是自由與創新，我們要打破傳統，掙脫家庭和社會的束縛。」

這就是了。西方的嬉皮士為了要過自由的生活，他們不上學不做工，離開了家庭和社會，寧願像乞丐般到處流浪。他們吸毒、濫交，只為了圖一時的愉快而不顧後果。他們的一切的行為都與正常的人不同，但是他們卻因為這樣而自命不凡，自以為懂得享受人生。啊！假使青年人必須要背叛傳統才算是「有出息」的話，那麼，當這些嬉皮士年華老去以後，又該誰來背叛他們呢？

還好，望淞不是嬉皮士（當然，我們這邊也還沒有嬉皮士呀！我想到那裡去了。）。不過，他那麼的折磨他的母親，實在也不比嬉皮士好了多少。

她想：她的淚水大概要為兒子哭乾了。多可笑，也多可悲！一個自命已經心如止水的中年人，早已不輕易流淚，今天怎會又作出這種小兒女態呢？她實在是太傷心了。二十三年的心血，二十三年的愛，二十三年的夢想，全部落空了啊！世上還有比這個更大的諷刺嗎？一個人人稱道的好母親，竟被她的兒子背棄了。我該怎麼辦？我該怎麼辦？去乞求望淞繼續愛她嗎？說她寧願放棄所有的母權，給予他以完全的自由，只要他喊她一聲「媽」？

牆壁上掛著一幅他們的全家福照片。偉寧和憶篁端坐在中央。兩旁是一對金童玉女。那不過是四年前她和偉寧慶祝他們的水晶婚時所攝的。那時，望淞還只是個大二的學生，一個循規蹈矩的好青年（當然，今日的他還是），一個整天跟在母親身邊的好兒子啊！

在這張放大十二吋的照片旁邊，還有一張四吋的小照片，那是望淞在幼稚園畢業那天攝的。胖嘟嘟的身體，穿著一件小西裝，繫著蝴蝶結，那副小大人的樣子，說有多可愛就多可愛。而望淞也一直是個惹人愛的乖孩子。他會想到自己今天竟變成一個「憤怒的青年」嗎？

用模糊的淚眼望著那張照片，憶篁的心不禁回到二十年前那些歲月去。她記起了當年如何「驕傲」地送望淞去上幼稚園，上小學的往事，因為她一直以有這樣一個可愛的兒子為榮。上中學了，她每個學期都陪他去註冊。這時，他已變成了頑皮的少年，不太可愛。但是，她一則怕他把錢弄丟了，二則又怕他忘了這忘了那的，她還是不放心讓他自己去。到了高中，望淞曾經用哀求的口氣對她說：「媽，我自己去就好了嘛！別的同學都沒有媽媽陪著去，人家會笑我的。」

「有什麼好笑？別人的媽媽不像我這樣愛兒子呀！」她繼續陪他去註冊，當然還包括了每一個階段升學試的陪考。

等到望淞考上了大學以後，註冊那天她又要陪他去。望淞不要她去，她求他讓她去一次。「真的，這是最後一次，下不為例。」她說。

但是，當她陪著他站在大學的大禮堂中排隊辦理各項手續時，她發現陪伴子弟前來的家長相當多時，到了下學期，她又堅持要陪他去註冊。去的結果發現只有幾個女生有家長陪伴，而望淞的同學竟當著她開望淞的玩笑：「喲！這麼大的人了，還一刻都離不開媽媽。」

這一下，望淞的臉色都變了，回到家裡就開始不跟她講話。直至一個星期以後，望淞因為感冒發燒躺在床上，憶篁煎了紅糖薑湯給他喝，母子二人才又恢復「邦交」。

想到這裡，憶篁的眼淚止住了，冷汗卻涔涔而下。望淞說得不錯，「這件事不是一朝一夕發生的，我已忍耐了很久了。」不說話，是望淞的殺手鐧；但是，我是不是管得太多呢？「我已忍耐很久了。」的確，他早已不是一個嬰兒了，而我還要管他的衣著、頭髮，管他的學業、交友，甚至思想。虧我還是個老師，難道我不明白壓力愈大，反抗力也愈大的道理？固然，我的管得太多只是由於愛他過甚；可是，愛的成份太濃，也會使人窒息的。天呀！我該怎麼辦？難道愛自己的兒子也有不對？總之，憶篁呀！你趕快承認了吧！你是個徹頭徹尾失敗的母親啊！

眼淚乾了，冷汗也停止了，憶篁呆呆地坐在床上。現在，她想通了，但覺腦子裡像真空一樣，一無所有。她像是一個做了錯事的小孩子，不知道該到父母跟前認錯，還是躲起來好。

「媽媽，快來看，好可愛的小狗喲！」女兒嬌嫩的聲音從客廳裡傳過來。這種呼聲，是她家慣常可以聽得到的，有時是望淞喊她，有時是望湘。只要他們兄妹在螢光幕上看到什麼美妙有趣的鏡頭，一定要叫媽媽一道來看。剛才，望湘還在房間裡做功課的，不知道什麼時候又跑出來看電視了。

她的心裡好過了一點，因為她知道自己還有個好女兒（她會永遠這樣好嗎？）。可是，她寧願那是望淞的聲音。作為一個愛兒女的母親，她不願意欠缺了任何一個子女的愛，她需要的是完整的愛。

《人間・副刊》

畢璞全集・小說12　PG1323

黑水仙

作　　者　畢　璞
責任編輯　陳佳怡
圖文排版　周妤靜
封面設計　楊廣榕

出版策劃　釀出版
製作發行　秀威資訊科技股份有限公司
114 台北市內湖區瑞光路76巷65號1樓
電話：+886-2-2796-3638　傳真：+886-2-2796-1377
服務信箱：service@showwe.com.tw
http://www.showwe.com.tw
郵政劃撥　19563868　戶名：秀威資訊科技股份有限公司
展售門市　國家書店【松江門市】
104 台北市中山區松江路209號1樓
電話：+886-2-2518-0207　傳真：+886-2-2518-0778
網路訂購　秀威網路書店：http://www.bodbooks.com.tw
國家網路書店：http://www.govbooks.com.tw
法律顧問　毛國樑　律師
總 經 銷　聯合發行股份有限公司
231新北市新店區寶橋路235巷6弄6號4F
電話：+886-2-2917-8022　傳真：+886-2-2915-6275

出版日期　2015年6月　BOD一版
定　　價　280元

國家圖書館出版品預行編目

黑水仙 / 畢璞著. -- 一版. -- 臺北市 : 釀出版,
2015.06
面； 公分. -- (畢璞全集. 小説 ; 12)
BOD版
ISBN 978-986-445-007-7(平裝)

857.63 104006559

讀者回函卡

感謝您購買本書，為提升服務品質，請填妥以下資料，將讀者回函卡直接寄回或傳真本公司，收到您的寶貴意見後，我們會收藏記錄及檢討，謝謝！

如您需要了解本公司最新出版書目、購書優惠或企劃活動，歡迎您上網查詢或下載相關資料：http:// www.showwe.com.tw

您購買的書名：________________________

出生日期：________年________月________日

學歷：□高中（含）以下　□大專　□研究所（含）以上

職業：□製造業　□金融業　□資訊業　□軍警　□傳播業　□自由業

□服務業　□公務員　□教職　□學生　□家管　□其它____

購書地點：□網路書店　□實體書店　□書展　□郵購　□贈閱　□其他

您從何得知本書的消息？

□網路書店　□實體書店　□網路搜尋　□電子報　□書訊　□雜誌

□傳播媒體　□親友推薦　□網站推薦　□部落格　□其他________

您對本書的評價：（請填代號　1.非常滿意　2.滿意　3.尚可　4.再改進）

封面設計____　版面編排____　內容____　文／譯筆____　價格____

讀完書後您覺得：

□很有收穫　□有收穫　□收穫不多　□沒收穫

對我們的建議：________________________

請貼
郵票

11466
台北市內湖區瑞光路 76 巷 65 號 1 樓
秀威資訊科技股份有限公司 收
BOD 數位出版事業部

(請沿線對折寄回，謝謝！)

姓　　名：＿＿＿＿＿＿＿＿＿　年齡：＿＿＿＿　性別：□女　□男

郵遞區號：□□□□□

地　　址：＿＿＿＿＿＿＿＿＿＿＿＿＿＿＿＿＿＿＿＿

聯絡電話：(日)＿＿＿＿＿＿＿＿＿＿(夜)＿＿＿＿＿＿＿＿＿

E-mail：＿＿＿＿＿＿＿＿＿＿＿＿＿＿＿＿＿＿＿＿